Andreas Hähle

WAHNSIGNALE

EDITION OUTBIRD

Impressum

1. Auflage: Dezember 2018

Imprint im Telescope Verlag
www.edition-outbird.de
www.telescope-verlag.de

Coverfotografie: Lika Hähle
Lektorat / Korrektorat: Lika Hähle, Tristan Rosenkranz
Autorenfoto: Lutz Müller-Bohlen

ISBN: 978-3-95915-117-7
Preis: 11,90 Euro

kannst du mir noch folgen
kannst du mich noch sehn
ich hab es tatsächlich gewagt
dir den rücken zuzudrehn
(HRK)

Das Testament eines Unbekannten

- Für Cäsar -

Und wenn dann die Angst kommt
Und sich in mich beißt
Und wenn sie das Gramm ist
Das reicht und mich zerreißt
Versuch' mir zu folgen
Meinem wölfischen Heul'n
Auf dem Weg bis zum Galgen
Doch du musst dich beeil'n

Andreas Hähle

Wahnsignale

Wir sind belastet mit Lügen. Bis in die tiefste Kammer des Herzens.

Bis zum Erbrechen komisch zwischen Erfolg und Ratlosigkeit.

Müde bin ich. Müde. Wenn ich in den Tag hineinlaufe, der zur Neige geht. Einen Tag nach dem anderen in den Tag hineinlaufe. Aber es ist ja nicht ganz so. Müde bin ich. Müde.

Ich würde schon gerne lachen wollen, aber ich denke an sie. An sie und an sie und an sie und immerzu an sie und an sie und an sie. Kann man so etwas beschreiben? Kann man so etwas in Begriffe fassen, wenn man gerade aufgewacht ist, aufgewacht aus einem dunklen Traum, wo so vieles eine Rolle spielte, dass es besser ist, ihn zu vergessen, wenn man seinen Verstand bewahren will?

Kann man das erklären, wenn man aufgewacht ist, neben einem Freund, von dem man sagt, er wäre schwul?

Es ist neun Uhr.

Ich fühle mich schlapp und habe einen idiotischen Geschmack im Mund. Ekelhaft, klebrig. Schal.

Mein Freund hat mich in Ruhe schlafen lassen nach der langen langen langen Nacht. Von wegen schwul.

Erst waren wir bei einem miesen Konzert, dann auf einer Art Fete oder Party oder wie man das Beieinander-Sitzen und Sich-Nicht-Viel-Zu-Sagen-Haben nennen kann. Ich war wie erschossen. Eigentlich wollte ich baden gehen. Aber irgendwann muss ich wohl die Augen geschlossen haben und weg war ich. Etwas Ähnliches wie ein Instinkt trieb mich dann wieder aus dem Bett.

Ein wenig gewaschen habe ich mich. Nun ist es neun Uhr.

Ein anderer, der auch da war, wacht auf durch den Lärm, den ich verursache.

„Treffen wir uns heute noch?"

„Nein.", antworte ich ihm auf seine Frage, „Wir treffen uns heute nicht mehr. Ich habe nicht das Bedürfnis, heute so weiterzuleben wie gestern.", antworte ich ihm, „Und außerdem habe ich etwas Besseres vor. Was soll ich im Café sitzen," frage ich ihn, „und einen Kaffee und einen Kognak nach dem anderen trinken, bis mein Kreislauf mir abrät?"

Ich denke, was soll ich mir auch noch die sinnlosen Äußerungen eines notorischen Spinners anhören? Aber das sage ich nicht laut. So etwas denke ich nur. Ach, was soll´s.

Es ist zu dumm. Ich habe ihm von ihr erzählt. Er hat mich nicht verstehen wollen. Dabei habe ich ihn gar nicht nach seiner Meinung gefragt, sondern ihm nur den Fakt an sich als Begründung dafür mitgeteilt, warum ich keine Zeit für ihn habe heute.

Er plustert sich auf.

„Weiber, ha!"

Der angeblich Schwule da, der wohl noch schläft in seinem Rausch, würde sich nie so abfällig äußern über Frauen.

Er plustert sich auf, der Spinner.

„Weiber, ha! Wie lächerlich!"

Er macht sich selbst lächerlich damit. Und mich dazu.

Ich schweige. Ich sage nichts. Innerlich sage ich mir, dass ich recht habe, sie seiner Gesellschaft vorzuziehen.

Müde bin ich. Müde. Müde laufe ich in den Tag, der zur Neige geht, noch ehe er recht begonnen hat. Ich langweile mich auf meinem Wege. Ich langweile mich und bin doch selbst ein großer Langweiler. Es ist zehn Uhr.

Ein lesbisches Mädchen sagte mir neulich auf einer Fete, dass ich auch nicht mehr als Droge zu gebrauchen wäre. Das hat mich im Nachhinein doch härter getroffen, als ich anfangs glaubte. Überhaupt ärgert mich zur Zeit einiges. Vieles. So zum Beispiel, dass ich die charakterlichen Schwächen Violettas unterschätzt habe. Und dass ich nie daran dachte, dass sich diese Schwächen auch auf unsere gemeinsame Arbeit an jenem großen Gemälde auswirken könnten, das wir nun wohl nicht mehr zu Ende bringen werden.

So etwas ärgert mich. Ärgert mich und ärgert mich. Vor allen Dingen, dass der Fehler bei mir lag. Bei mir und bei mir und bei mir. Ich habe sie schließlich provoziert. Sowohl direkt als auch indirekt. Sowohl bewusst als auch unbewusst. So ist das manchmal im Leben.

Ich greife in die Hosentasche, ziehe mein rot-blau kariertes Taschentuch heraus, und putze damit meine Brille. Ich sehe gleich: Das hat nicht viel Sinn gehabt. Mit geputzter Brille lässt es sich auch nicht immer besser sehen. Die Bilder im Kopf lassen die realen Bilder immer wieder verschwinden.

Dann hat Violetta gesagt, dass ich affektiert wäre. Affektiert, affektiert, affektiert. Wieso merkt man nicht, wenn man etwas ist, dass man es ist?

Ich konnte mich gar nicht mal verteidigen, obwohl ich es gerne wollte. Es fällt mir schwer, über solche tiefgründigen Dinge wie den eigenen Charakter zu reden. Es fällt mir schwer, mich dabei richtig auszudrücken. Es fällt mir schwer, meine eigenen traurigen Gedanken jemandem anzuvertrauen. Vor allen Dingen, wenn dieser Jemand, wenn sie mir nicht vertraut, meine ich. Ich weiß doch, wie das ist.

Ich weiß doch, wie das ist. Zu oft heuchelt man Verständnis. Mache ich doch auch. Zu wenig wird getanzt einfach so im von Möbeln vollgestellten Zimmer. Ich traue mich nicht einmal, auf einer Party zu tanzen und in Diskotheken sowieso nicht. Zu wenige Sonntage erlebt man wirklich. Das macht stumpf, traurig, aber affektiert? Die wenigen Momente des Glücklichseins begreift man erst, wenn man sie zerstört hat, einfach so, vielleicht durch ein unbedachtes Wort. Manchmal weiß man gar nicht, wodurch. Zu wenig Liebe spürt man unter den Menschen. Nur Misstrauen, Misstrauen, Misstrauen. Aber ist es nicht berechtigt? Ist es nicht sogar berechtigt, wenn ich ehrlich bin, mir zu misstrauen? Mir vor allem? Zu viel Regen habe ich abbekommen. Immer wieder laufe ich zur falschen Zeit auf die Straße. Immer dem Leben hinterher. Immer der Liebe hinterher.

Ich gebe ja zu: Von vielen Dingen verstehe ich nicht sehr viel, um nicht zu sagen – von den meisten. Aber oft will ich sie auch gar nicht verstehen. Es könnte teuer werden. Wie dieser Tag heute. Angebrochen kaum und doch schon fast zu Ende.

Ich kehre in ein Café ein, in der Hoffnung, den Spinner nicht dort zu treffen. Ein Misserfolg am Tag reicht mir schon durchaus zu.

Da sitze ich nun, allein, allein gelassen, und mache mir Gedanken. Gedanken über das, was Violetta jetzt wohl denken mag. Aber wer ist schon imstande, die Gedanken anderer

Menschen zu enträtseln? Ich bin es sicher nicht. Es fällt mir ja schon schwer, meine eigenen Gedanken zu rekonstruieren. Ist nicht jeder Gedanke die Fortsetzung, manchmal auch nur die Wiederholung eines vorherigen? Aber sobald ein Gedanke auf die Zunge gelangt, gerät er zum Kompromiss. Manchmal zu einem, der ewig anhält. Wie der von heute vielleicht. Ein unbedachtes Wort nur. Es kommt auf die Intensität der Gedanken an. Mitunter kann er so stark und mutig sein, dass er die heuchlerische Zunge überwindet. Der Kaffee ist lau und was nützt mir all das jetzt? Der Morgen nach der Feier, der blödsinnige Besuch bei Violetta. Ich komme aus dem einen Trott nicht raus und in den anderen nicht rein. Das ist das, was mich am meisten belastet. Eigentlich mache ich mir doch nur etwas vor. Wenn einer Luft in sich saugt aus leeren Gläsern und dann den Champagner grölend lobt, ist er dann ein Lebenskünstler oder nur ein Versager vor dem Herrn? Vielleicht sollte ich einfach immer nur das sagen, was ich wirklich denke, was ich wirklich sehe. Violetta hat mich durchschaut. Das ist alles. Einfach und banal. Aber doch ein großes Unglück. Manchmal weiß ich selber gar nicht, was ich wirklich denke. Die Unterscheidungsmerkmale zwischen Schwarz und Weiß sind manchmal sehr gering. Geringer noch als die Unterschiede zwischen Hell und Dunkel. Oder Gut und Böse.

Was habe ich denn schon Böses gesagt? Nur: „Du willst immer nur, dass unbedingt die Sonne scheint. Aber ich will deine Haut leuchten sehen." Was ist denn daran so komisch? Ich hatte das doch nur auf die Bilder bezogen, nicht auf die Wirklichkeit, oder?

Aber so ist es ja immer. Vor einigen Tagen saß ich zum Beispiel in einem noblen Restaurant. Und mit Zunahme des mit Hilfe zweier Flaschen Chianti-Weines gesteigerten Alkoholspiegels erklärte ich Violetta folgendes: Sie sollte sich eine aus dem Mathematikunterricht wohl noch allzu bekannte X-Y-Koordinate denken mit dem Faktor Z. Ich stellte ihn als Störfaktor dar. Ein dicker Mann zählte am Nebentisch sein Geld immer und immer wieder. Und es reichte immer und immer wieder für noch ein Gläschen Kognak. Ich sagte also zu ihr, wobei ich immer und immer wieder zu dem dicken Mann hinübersah: „X und Y und Z stehen kurz vor dem Zusammenstoß. Knapp über dem Punkt Null, von dem Z ausläuft. Nun", sagte ich, „gibt es tausend verschiedene Möglichkeiten des weiteren Verlaufs, wobei bei Z eigentlich die Hauptverantwortlichkeit liegen müsste. Z", so sagte ich, „ist allerdings unsicher. Das muss man wissen." Und ich schaute zu dem dicken Mann hinüber.

Sie sah mich nur an und fragte: „Hast du dich etwa in mich verliebt?"

Ich war völlig erschrocken. Ich wusste es ja selber nicht. Und gab mir gleich recht, das heißt ihr. Natürlich nicht mit Worten, sondern nur in meinen Gedanken. Wahrscheinlich fühlte sie sich als X oder Y – sagen wir X – und begann nun, an diesem Tisch Schicksal zu spielen mit dem passiven Z, mit mir also. Und Z blieb weiter passiv, ich also. Und wenn man die Geschichte plötzlich aus einem solchen Gesichtspunkt heraus betrachtet, denn ich hatte schon längst vergessen, was ich eigentlich wirklich sagen wollte, war da ja tatsächlich noch ein Y, allerdings zu Z immer noch in derselben Distanz wie vorher, wobei X, also sie, sich an Z, also an mich, annäherte. Ich aber wahrte meine Position, weil ich in diesem Moment, an diesem Tisch, und mit dem Geld zählenden dicken Herrn in unmittelbarer Nachbarschaft, nichts mit dieser Situation oder Konstellation oder was auch immer anfangen konnte. Inzwischen ist das Koordinatensystem wohl ganz schön in sich zusammengefallen. Selbst auf die Mathematik kann man sich nicht verlassen.

Ich bestelle einen Kognak. Nein, ich wollte sie wohl nicht erobern. Aber ich wollte sie natürlich auch nicht verlieren. Ich wollte nicht, dass mir noch einmal dasselbe passiert, was mir schon passiert war. Als eine Frau vor mir floh, weil sie mich liebte. Oder hatte ich sie verjagt? Ich glaube, ich habe so vieles zerstört, dass sie am Ende keinen anderen Ausweg mehr wusste, als mich zu vergessen. Nein, das wollte ich nicht wiederholen. Und auch nicht, wie es mir schon einmal passierte, dass eine Frau vor mir floh, weil ich sie liebte. Vielleicht fiel ihr das auch einfach auf die Nerven. Ich habe keine Ahnung, was da so alles abläuft. Aber ich hätte das verstanden.

Die Kellnerin bringt mir den Kognak. So ist das. Verlieren war noch nie meine Stärke, obwohl ich wohl nun schon mein ganzes Leben lang damit beschäftigt bin. Da war die eine Frau, mit der verband mich nur der Sex. Und da war die andere Frau, der ich meine Adresse absichtlich nicht gegeben hatte, aus deren Leben ich gleich wieder, erschrocken wie ich damals über meinen eigenen Mut war, getreten bin, wie man so schön sagt, bevor etwas wirklich Bedeutendes passieren konnte. Und heute weiß ich, wie ich es damals schon ahnte, dass ich vor einer großen, vielleicht vor der größten Liebe meines Lebens ausgerissen bin.

Wie schnell man so einen Kognak trinken kann, wenn die Gedanken Kreise malen in die Luft, in den Rauch, in das Café... Warum beschäftige ich mich so oft mit dem Tod? Vielleicht hat meine Schwester recht, wenn sie immer wieder sagt, dass ich den Selbstmord meiner Mutter nie verkraften würde, dass er mich wie ein Schatten durch mein ganzes Leben hindurch begleiten würde. Vielleicht hatte sie auch recht, als sie sagte, dass meine Mutter sich nur erhängt hat, weil sie sich dadurch für immer in mein Gedächtnis eingraben wollte, indem sie alles so einrichtete, dass nur ich und kein anderer sie finden musste. Wie hatte der Arzt gesagt, damals, wie war das? – Ich hoffe, dass Sie so stark sind, um nie so ein Gebäude betreten zu müssen. – Ich weiß bis heute nicht, was für ein Gebäude er gemeint haben könnte. Aber diese Worte klingen immer mal wieder in meinen Ohren auf. Ein Scheiß-Spiel. Da lag sie nun, die gute Mutter, tot, blau im Gesicht, mit heraushängender Zunge, und ich habe den ganzen Tag lang nur noch kotzen können. Grüne eitrige Brocken. Selbst als mein Magen ausgepumpt war durch dieses ewige Gewürge, riss ich immer wieder wie ein Automat den Mund und die Kehle auf und sang das Lied der ewigen Verlierer.

Was hat sie denn nun erreicht, meine Mutter, außer dass sie tot war? Einen Haufen Hilflosigkeit hat sie in die Welt geschickt, auf der Suche nach Leben und nach seiner eigenen Identität. Plötzlich, über Nacht, kotzend, wurde ich erwachsen, und wusste nicht einmal, wer ich bin und wo ich hingehöre. Dass ich jetzt so bin, wie ich bin, ist das Stärke? Ich sitze in einem Café, trauere einem Mädchen nach, geplagt von Schuldgefühlen, und trinke Kognak.

Ach. Was sollen diese düsteren Gedanken. Ich bestelle noch einen Kognak. Eigentlich ist doch alles ganz anders.

Ein Großer bin ich. Wartend. Sinnierend. Ein Fisch, der das Schwimmen denkend lernen will. Was ist mir denn schon großartig vorzuwerfen? Ich bin nicht geboren, um irgendetwas Großes zu erreichen. Ich kann nur etwas Großes sein. Ich habe keine Lobby. Ich habe keine Kundschaft. Auch keine unzufriedene. Und keine Arbeit. Aber: Ich möchte so unheimlich gerne einen Skandal provozieren. Vielleicht das Zeitalter der Frauen heraufbeschwören. Auch wenn es für die Frauen selbst nicht sehr gut sein würde. Schließlich wollen sie am Ende doch nur geliebt werden. Und eben nicht nur vom eigenen Geschlecht. Und auch nicht nur von toten Männern. Ja ja, die Frauen können, sind sie erst einmal in ihrer Psyche beschädigt, sich nicht alleine sanieren. Weder mit gutem Essen noch mit herzallerliebsten Haustieren. Sie brauchen die Straßen, besonders wenn diese gefährlich sind. Und die gefährlichen dunklen Winkel des Lebens wollen sie begehen. Also gebe ich ihnen eine Chance dazu. Ich werde der Blick in ihre weißen Nächte sein. Sie werden mich nicht wahrnehmen, wenn ich da bin, aber sie werden mich vermissen, wenn ich sie nicht mehr verfolge. Ich werde ihr Himmel sein und sie meine Erde. Doch im richtigen Moment werde ich aus ihren Umkreisen verschwinden. Sonst bleibe ich der Dumme, der ich im Augenblick bin. Sonst wird sich wohl wirklich nichts mehr in meinem Leben rechnen lassen. Sonst wird meine Existenz kein gutes Geschäft für mich werden. Ich werde mich rechtzeitig zurückziehen. Vielleicht im Winter. Und dann werde ich mich nur noch auf den Schnee konzentrieren. So kitschig er mir auch vorkommen mag. So göttlich werde ich mich fühlen. Oder zumindest so ähnlich. Es ist nicht nötig, mir zu Ehren liturgische Gesänge zu zelebrieren. Ich werde das Zeitalter der Frauen, der weiblichen Engel, heraufbeschwören. Das wird eine lustige Zeit werden. Kamele werden durch Nadelöhre stapfen und auch noch gut aussehen dabei. Und das alles wird nichts kosten.

Wie komme ich nur auf solche blödsinnigen Gedanken? Bin ich etwa schon betrunken? Von nur zwei Kognak? Oder hat der Restalkohol von gestern mir da einen Streich gespielt? Zahlen bitte.

Sehnsucht nach Verliebtsein

Entfernt man sich nicht gleichzeitig, je näher man sich kommt, von sich selbst? Entfernt man sich nicht gleichzeitig, je näher man ihnen kommt, von den Menschen? Aber bestimmten Menschen will ich nahe sein und bleiben. Und darum unterwerfe ich mich immer wieder irgendwelchen Spielregeln, die sich keiner ausgedacht hat, die keiner wirklich kennt, aber die trotzdem einfach da sind und an die sich alle halten. Letzten Endes will ich bei irgendeiner Frau landen. Darauf läuft doch alles hinaus. Bei einer Frau, in deren Nähe ich mich sicher fühle. Deren Krallen ich, wahrscheinlich mit Absicht, übersehe. Die für mich das Floß ist, das dahintreibt im Fluss, von der Strömung getrieben gen Wasserfall. Ich will mich berauschen an dieser Natur. Den Frühling im Schädel wachsen fühlen. Eine Musik hören, von ferne, die kein Mensch zu spielen vermag. In die Sonne hineinfliegen, gierig und ohne Rettung. Ich glaube, es wird Zeit, dass ich mich endlich wieder hoffnungslos verliebe. Warum ist das so schwer? Liegt das an mir oder an den Frauen, die mich umgeben? Vielleicht bin ich so etwas wie frigide. Bestimmt nicht. Frigide Menschen sind nicht so schnell zu verletzen wie ich.

Ein ehemaliger Klassenkamerad hat mich besucht. Auch er hat Probleme. Die Frau, das Mädchen, mit der er seit eineinviertel Jahren zusammen war, behauptete plötzlich, die Schnauze voll zu haben, stieß ihn, seine und ihre Familie vor den Kopf. So. Launenhaft soll sie sein. Und er liebe sie doch immer noch. Aber was soll man machen. Gesagt hat sie ihm nichts, gar nichts, vorher. Sie wäre, sagte er, zu feige dafür. Aber er spürt es, er weiß es: Sie lässt sich gehen und dabei ihn gehen. Eigentlich müsse er, anstatt bei mir herumzusitzen und mir die Ohren vollzujammern, seine Klamotten abholen, die er noch bei ihr liegen hat. Aber immer wieder schiebt er es vor sich her. Warum, das weiß er selber nicht. Tröstet sich am Abend in einer ihm sonst so verhassten Disko, die er nun regelmäßig besucht, und in der er nun auch noch ein nettes Mädchen kennenlernte. Und, so sagt er, vielleicht würde sie an diesem Abend wieder hinkommen. Ein nettes Mädchen. Achtzehn Jahre. Im Übrigen, sagt er und sieht mich an, als würde er mir ein großes Geheimnis verraten, heißt sie Pamela.

„Komischer Name.", sage ich, „Nie vorher gehört. Nur mal gelesen. In einem Roman."

„Aber", sagt er, „trotzdem ein nettes Mädchen. Und man kann reden mit ihr. Natürlich", wirft er ein, „muss man sehr vorsichtig sein mit solchen Geschichten. Weißt du", sagt er,

„nachdem ich mich bei ihr ausgeheult hatte, sagte sie zu mir: Mir geht es genauso wie dir."

Ich dachte bei mir, das geht aber schnell mit ihm, schweige aber.

„Und", so sagt er, „die Arbeitsstelle habe ich auch gewechselt."

Der Mensch, so denke ich, strebt doch immer wieder nach Veränderung. Der Spruch „Bleib der Alte, Alter" hat also keinen Sinn. Außerdem klingt er auch mehr wie „Bleib wo du bist, und rühr dich nicht." Schön, dass man ab und zu solche Besuche bekommt, von denen man am Ende nie so genau weiß, warum man sie bekommen hat.

Vielleicht, damit man über gewisse Dinge nachdenkt. Wir leben schließlich alle zum größten Teil von unseren sexuellen Bedürfnissen. Von unserem modernen Rittertum. Von festen Werten, aber immer mit dem Blick, ob sie sich nicht doch austauschen lassen gegen bessere. Und von der Erinnerung an vergangene Zeiten leben wir. Da gilt die Sicherheit von heute wenig dagegen. Falls man heute Sicherheiten hat. Immer muss man auf den Beinen sein. Immer ist man auf der Jagd. Frau übrigens auch. Sonst würde sich ja die Jagd nicht lohnen. Immer ist man, glaubt man, einen Schimmer Hoffnung am Ende des Horizonts erblickt zu haben, laut und schrill. Viel zu laut und viel zu schrill, so dass man jeden kleinen Fetzen Licht, wenn er nicht sowieso gar eine Fata Morgana war, wieder vertreibt. Alles wollen wir einfach nehmen, und wir tun auch so, als täten wir es. Aber alleine, mit uns alleine, nehmen wir es schwer, können wir uns selber kaum ertragen. Es gibt keinen Grund zu grundlosem Glück. Alles muss erst erobert, erkämpft werden. Keiner hat den goldenen Finger. Und Kohle hat auch keiner.

Ich habe nun auch eine Frau kennengelernt. Grit heißt sie. Sie hat gesagt, sie hätte Angst vor mir. Dabei habe ich keine einzige Blatternarbe im Gesicht. Und ich glaube, ich rieche auch nicht so wie Bukowski. Trotzdem, trotz ihrer Angst, hat sie mir versprochen, zu mir zu kommen und mir die Haare zu schneiden. Wer weiß wie. Meine schönen langen Haare. Vielleicht sehe ich hinterher aus wie einer aus der sogenannten High Society. Egal. Hauptsache sie kommt zu mir. Ein blöderer Grund ist mir einfach nicht eingefallen. So auf die Schnelle. Ich weiß nicht, wie die anderen das machen. Ich glaube, die machen alle immer nur dasselbe. Und trotzdem durchschaue ich das nicht. Es wird sicher auch immer dieselbe Tour bleiben. Wohl noch in tausenden von Jahren, falls die Menschheit noch so lange existiert. Irgendwie bin ich nicht für solche Rituale geeignet. Ich bin irgendwie anders. Die institutionalisierte Bosheit ist überall. Und in mir steckt sie besonders. Hatte sie, die Grit, nicht gesagt, sie hätte Angst vor mir? Das kann auch andere Gründe haben. Sie ist eine Freundin von Violetta. Aber die hatte eigentlich keine Angst vor mir.

Vielleicht meinte sie auch eine ganz andere Angst. Die Angst davor, dass es keinen Sinn haben würde, zu mir zu kommen. Man hat immer Angst vor der Sinnlosigkeit dessen, was man tut. Das trifft auf einen bedeutenden Teil der Menschheit zu. Ganze Geschichtsbücher sind damit angefüllt und nur dadurch geschrieben worden. Sinnlosigkeit bedeutet aber zuallererst: für sich selber sinnlos. Denn schließlich lebt jeder, wenn er es nicht auf Grund einer Ideologie oder Religion für andere tun muss, sein Leben für sich ganz alleine. Und da kann es einen schon ganz schön fertig machen, wenn etwas, was man für sich alleine tut, auch wenn es so aussieht, als täte man es für einen oder die anderen, sinnlos ist. Aber wenn es irgendeinen Erfolg gebracht hat, wenn es Sinn gemacht hat, dann gewinnt das Öde ganz andere Dimensionen. Es bleibt zwar öde, aber man hatte einen gewissen, wenn auch momentanen Vorteil gehabt. Tod als Kunst. Ein sehr hübsches Idiom. Innerlicher Tod als Performance der Alltäglichkeiten. Und am Ende, da wird die Grit schon recht haben, wenn ich es im Moment auch nicht ganz einsehen will, ist es doch nur Angst, die uns zu dem treibt, wovor wir Angst haben. Demzufolge müsste sie kommen.

Wie einsam muss man sich erst werden lassen.

Jeder will jeden Weg nur einmal gehen. Ich ging schon viele Wege mehrmals. Besonders den Weg zu Violetta. Die Türen, die hinter mir zuschlugen, schlugen nicht immer sanft zu. Von manchen Türen habe ich das harte hölzerne Geräusch heute noch im Ohr.

Wovor ich am meisten Angst habe, ist die Einsamkeit. Die Einsamkeit und das schreckliche Selbstmitleid, das damit verbunden ist. Ich habe das alles schon mehrmals erlebt, durchlebt. Und bei diesen Erfahrungen möchte ich es belassen.

Da Grit nicht gekommen ist, habe ich natürlich das getan, was ich eigentlich nicht mehr machen wollte. Ich bin zu ihr, bin zu einer Frau gegangen. Ich hatte im Grunde gehofft, sie wäre nicht da. Aber sie war da. Und wie sie da war! Bei einer schönen Frau zu Gast zu sein, ist mitunter recht unterhaltsam. Unvergesslich. Zählbar die Minuten. Vorzählbar nachher bei den Psychiatern oder Psychologen. Sich selbst mystifizierend. Und Gewalt verherrlichend. Denn ist nicht jedes Eindringen in einen anderen Körper eine Form von Gewalt? Seine Wege bedeutsam machend. Vor allen Dingen den Weg, den man scheute. Billiges recht machend. Seine Eitelkeiten beispielsweise. Und doch am Ende müde bleibend. Ist nicht am Ende schon alles gesagt? Ist nicht jeder

Fick schon geträumt worden? Man badet gern in Liebe und in Blut. Und nie will man im Abseits stehen. Wohin mit der Leere danach? Wenn man sich nichts mehr zu sagen weiß. Wenn man den goldenen Boden unter den Füßen verliert. Und sich abgelagert fühlt. Doch dann streckt der Teufel, wie zum Hohn, noch einmal seine Krallen aus. Und zaubert aus sich selbst heraus seltsame Tierchen. Die feiern dann Tiraden in den schönen Frauen. Ja ja, auch in den hässlichen. Im bacchanalen Orchester urwüchsiger Genüsse. Auch wenn man will, man *kann* nicht aufgeben, kann nicht loslassen, kann nicht herauskommen. Nur noch aus sich selber. Da ist man wie die Kater. Das wird wohl so bleiben. Solange es Seelen gibt. Und Grund zu lärmen. Angst zu verbreiten. Angstvertreiber zu vertreiben. Immer, wenn das Männliche und das Weibliche aufeinander stoßen, ineinander stoßen, ist es wie ein kleiner Krieg. Wer zuerst seine Munition verschossen hat, hat verloren. Es ist nur ein anderes Verfahren als beim richtigen Krieg. Aber auch ein Verfahren, sich zu bereichern. Aus zwei Körpern mach einen. Nicht zu vergessen den Geheimdienst hinter den dünnen Wänden. Immer wieder ist es eine Verwandlung. Und auf die Folgen wird im Augenblick der Tat erst einmal geschissen. Wichtig ist die Waffe, und die befiehlt den Schützen. Wichtig ist das, was aus der Waffe herauskommt. Und wie gut es trifft. Wichtig ist die Macht, die Macht dieses einzigen nicht erinnerlichen Augenblicks. Was bleibt, ist das Verlangen nach mehr. Die Gier nach Liebe. Abgeschirmt, nur für Bruchteile von Sekunden, von all den schmutzigen Banalitäten, aus denen man sich herausgeschrien hat. Die sofort überschwappen, wenn man vergessen hat, das Fernsehen oder das Radio abzustellen. Da bricht es ein, das ekelerregende Bunte. Unrhythmisch die Bildfolge. Schon wieder eine Geschichte, die nicht in die großen Bücher eingehen wird. Als ich von Grit nach Hause ging, konnte ich nicht mehr richtig laufen. Und müde war ich, unendlich müde. Und ich konnte mich nicht mehr daran erinnern, ob sie mir die Haare geschnitten hat oder nicht. Ich weiß es bis heute nicht.

Ich weiß nur, was wie ein Traum auf dem Heimweg zu mir drang. Lachende Frauen auf den Gehsteigen. In den Bussen kichernde Kinder. Freiheitsverkündende Wahlplakate zerfetzt vom Regen. Ach, die souveräne Menschheit. Ein schreckliches Gefühl, wenn die Polarität nach der Einheit immer noch außer Kraft gesetzt ist. Das kommt davon, wenn man den Verlockungen der Sünde nicht widerstehen kann. Und auf den Straßen dann lockt sie wieder. Immer in einer anderen Gestalt. Geheimnisvolle Zeichen kreisen. Telefone klingeln. Brillen funkeln. Aus den Kneipen dringt Rauch. Sonne lacht. Glück ist Glückssache. Ein totes Wesen, dem man vergessen hat, die Augen zuzudrücken. Zu Hause angelangt, wusste ich es: Grit war es nicht, war es nie gewesen.

Von meiner Mansarde aus starrte ich lange dann durch den Regenvorhang auf die Dachrinne. Das Wasser schwoll an. Stieg immer höher. In der Rinne lag ein alter Ziegelstein, Opfer einer der vorangegangenen Stürme. Der staute das Wasser, das sich sammelte und den Rand der Rinne überwand. Sich auf den Vorgarten und die darüber gelegenen Fensterscheiben stürzte mit einem harten Platschen. Nach und nach normalisierte sich der Fluss wieder. Der Regen hatte aufgehört. Nur einzelne Spritzer konnte man noch gegen die Scheiben schlagen hören, unsichtbar, verloren.

Da begriff ich: Ich wäre viel lieber bei Violetta gewesen. Hätte mir viel lieber mit ihr eine Nirvana-CD angehört. Oder irgendwelchen anderen Grunge, ohne an Selbstmörder denken zu müssen. So etwas Amerikanisches. Und es wäre schön gewesen, in ihren dürren Malerarmen zu liegen und zu philosophieren. Ohne Tabus zu brechen. Auch wenn die Flüsse in mir ausgebrochen wären. Ich hätte diesen stummen bewegungslosen Tanz mit ihr in das Chaos, das mich beherrschte, vorgezogen. Taxis jagten sich unter dem Fenster. Passanten jagten nach den Taxis. Es wurde Nacht. Der Regen hatte wieder begonnen, fiel auf die heißen Straßen. Tränenbenetzt. Ich wusste, irgendwo warteten grinsende

Mädchen auf ihre nächste Stunde. Irgendwo lauerten Freier vor den Cafés und Clubs. Irgendwo schwieg die Einsamkeit sich aus in den Kneipen. Irgendwo fuhren Yachten aus dem Hafen, ihrem Fernweh gehorchend. Den Lastern folgend. Irgendwo sehnte sich jeder nach Liebe, auch wenn sie erschlagen neben ihm lag. Nach schönen Geschichten. Nach dem Märchen von der ewigen Liebe. Nach jenem alten Gesetz. Nach jenen alten Träumen. Niemand von denen da draußen aber wird auf die eigenen Warnungen hören können. Zu unterschiedlich sind die Sprachen, mit denen sie zu sich selber sprechen. Zu viele Worte haben sie. Zu viele unnütze Worte. Zu viele Tänze haben sie versäumt. Zu wenig die Endlosigkeit herausgefordert. Zu ausweglos scheinen ihnen die Depressionen zu sein. Zu oft diese elenden Wiederholungen, bis der Schädel Brei und die Lunge Teer ist. Zu groß ist der Wunsch, seine eigene Größe feiern zu können. Ohne sich selbst zu verstehen. Dorthin, dorthin wollte ich in dieser Nacht, dorthin, wo die Berge sind. Dorthin, wo die Täler zu ihnen hinaufschauen. Dorthin, wo immer nur alles so bleibt wie es einmal war. Doch auch die Täler wollen nicht mehr schweigen, wollen nicht mehr nur bewundern. Auch die Täler wollen über sich selbst hinauswachsen. Der Tag wird kommen, das wusste ich in dieser Nacht, da werden sie es tun. Da werden alle Rufe ins Nichts erschallen. Da werden alle Phantasien nur noch nett sein. Und es wird leicht fallen, sie zu verwirklichen. Bis man sich selber erschöpft hat in seinen verwirklichten Phantasien. Bis man sich selber ausgeschöpft hat. Bis zur Machtlosigkeit. Doch immer wird auch eine Stufe bleiben, eine einzige wenigstens, um sie zu besteigen. Eine Stufe würde immer bleiben. Eine. Eine einzige. Nicht abgeschickte Briefe würden bleiben. Schlaflose Nächte würden bleiben. Verwitterte Lieben würden bleiben. Die Müdigkeit würde bleiben. Die Neugierde? Ja, Neugierde würde auch bleiben. Ein kleines leichtes Lächeln, grundlos, würde bleiben, um ergründet werden zu können, was nicht geht. Und jeden Morgen für jeden, der es sich leisten kann und keine Angst vor Salmonellen hat, ein weich gekochtes Ei.

Aber Grit hat mir erzählt, dass Violetta neuerdings andauernd mit Grits Bruder zusammenhockt. Und ich habe keinen Grund, ihr nicht zu glauben. Andererseits habe ich schon einmal von Violetta erfahren, dass Grit eine kleine Vorliebe für Violettas Bruder hat. Und die wird sie sicherlich durch meinen überraschenden Besuch auch nicht verloren haben. Zwei Menschen, die ich mag, haben sich also gefunden. Violetta und Grits Bruder. Eigentlich ist es logisch, ja naheliegend, und trotzdem ärgert es mich, trotzdem kränkt es mich. Wenn vier Menschen andauernd zusammenhocken, die auch noch teilweise Geschwister sind, wenn sie so schon immer, oder soweit sie sich daran erinnern können, die Tage feierten, kommt es halt irgendwann dazu. Wenn auch mitunter nach sehr sehr langer Zeit. Und vielleicht auch nur für kurze Zeit. Eigenartig ist, dass es mich trotzdem wundert, nicht nur ärgert. Ich glaube, es wird bald etwas Unglaubliches geschehen. Und ich bin nicht daran beteiligt. Und ich habe keinen Anteil daran. Ich glaube auch nicht, dass es sich um eine Katastrophe handelt. Aber vielleicht um etwas mit demselben Ausmaß. Nur wird es vermutlich sanft zuschlagen, mit einem friedlichen Lächeln, das auch noch ehrlich und nicht zynisch gemeint ist. Ich habe nur ein wenig Angst, dass manche das alles am Ende missverstehen könnten. Zumindest diese vier. Oder verstehen sie eigentlich richtig, während ich glaube, dass sie missverstehen? Ich werde den Verdacht nicht los, dass das Spiel schon in vollem Gange ist.

Abschweifende Erinnerungen: Wie vieles hat man schon aus Unüberlegtheit versäumt? Wieder mal werde ich das Opfer meines Selbstmitleides.

Es fällt mir nun mal so unheimlich schwer, über meine sexuellen Phantasien zu reden. Ich habe so viele weite Räume im Kopf. Sternhagelvoll ist meine Phantasie und viel viel größer als alle realen Möglichkeiten. Manchmal reicht es, ich sitze allein in meiner Mansarde und höre Musik, damit sie kommt. Manche machen es telefonisch. Ein Wunder der Kommunikationstechnik. Obwohl die Hände immer noch selbst aktiv sein müssen dabei. Überhaupt der gesamte Körper. Telefonsex kann nur etwas für phantasielose Spätpubertäre sein, die über zu viel Großgeld verfügen. Früher hatte ich auch einmal solche Ideen. Heute wäre das nichts für mich. Aber so ist das nun einmal. Wenn aus Jungs Männer werden, wird es erst einmal nur ein einziger Körperteil. Manche werden auch nie die wahre Sinnlichkeit begreifen. Ich hoffe, nicht die meisten. Aber die, die sie nicht begreifen können, sind wenigstens ehrlich. Sie prahlen mit ihrer Unkenntnis und geben ihre sexuellen Plattheiten als Kenntnis aus. Was mich wundert, ist, dass man bei den Frauen jedoch dasselbe Syndrom beobachten kann. Das hätte ich früher auch nicht gedacht. Sie bleiben unerfahren. Mag sein, dass auch ihnen, wie den Männern, das Talent zur Sinnlichkeit fehlt. Aber das will ich einfach nicht glauben. Ich möchte sie, zumindest in meiner Phantasie, lieber vor Wonne brüllen lassen. Natürlich klingt das unverständlich und exotisch. Aber der Gedanke behagt mir nun einmal. Was soll ich da machen.

Sylvia, ach ja. Immer, wenn sie mir über den Weg läuft, habe ich diesen Überraschungseffekt. Wir schauen uns an mit denselben leeren Augen, die aber ab einem bestimmten

Zeitpunkt zu leuchten beginnen. Das ist schön, es hält unheimlich zusammen, wenn etwas offen bleibt. Ich kann nicht sagen, ob es gut wäre, wenn wir uns eines Morgens wiederfänden im selben Bett. Ich kann nicht sagen, ob es gut wäre, wenn wir wissen würden, dass es nie so sein wird. Das Beste ist: Wir haben alle eine gemeinsame Vergangenheit und eine gemeinsame Gegenwart. Es wäre wunderbar, hätten wir auch alle eine gemeinsame Zukunft. Auch wenn es uns alle in absehbarer Zeit in verschiedene Richtungen treiben wird. Ich bin mir sicher, dass wir es brauchen, uns wiederzufinden. So wie Bodo es braucht, der jetzt in Dresden ist. So wie Boogie es braucht, der jetzt auf Rügen ist. So wie ein anderer es braucht, der jetzt in Berlin ist, und dessen Namen ich schon vergessen habe. Der mich aber holen will. Als Manager seiner Band. In Berlin gibt es sicher unheimlich viele Frauen. Nicht nur auf dem Ku'damm.

Vor zwei Jahren war es. Ich erkannte, dass ich Sylvia liebte. Nachdenkend darüber fand ich einen Pfennig. Ihn in meine Tasche gesteckt, vergaß ich ihn bald. Beim Einkaufen heute fragte mich die Verkäuferin, ob ich einen Pfennig habe. Einen Pfennig.

Man lässt oft Dinge geschehen, die man sogar geschehen lassen wollte und macht sich hinterher deswegen Vorwürfe. Gerade mit den Frauen ist das so. Immer wieder diese wilden

Spiele. Die dann nichts bedeuteten. Und doch bedeuteten sie etwas. Ich lernte da mal eine Frau kennen, eine sehr schöne und vor allem sehr liebe Frau. Nach einer Stunde, konnte man sagen, war alles klar. Dann trennte man sich, nüchterte sich aus und wusste plötzlich nicht mehr, wie weiter. Wäre sie da, würde man es wissen, könnte man mit ihr darüber reden. Dann wäre alles einfacher. So wartete ich darauf, dass sie wiederkommen würde und fragte mich: Wieso eigentlich? Nur weil eine gewisse Reihenfolge übergangen wurde? Oder weil ich Angst hatte, mir selbst eine Lüge eingestehen zu müssen? Einen Verrat, der gar keiner gewesen war, weil er keiner sein sollte. Ich hielt die Liebe nie für käuflich. Aber hielt ich sie nicht doch für manipulierbar? Wenn ich damals nur gewusst hätte, was wird. Der Geist wollte nicht, aber der Körper war stark. Und es geht ja nicht nur mir allein so. In fünfzig Jahren wird es sicherlich genau umgekehrt sein. Schön, wenn man immer noch über sich selber lachen kann. Vielleicht sind wir am Ende doch gar nicht so egoistisch, so überheblich, wie wir uns selbst und andere oft hinstellen. Wenn ich nur damals gewusst hätte, was wird. Andererseits war es bestimmt auch vorteilhaft gewesen, dass ich es nicht wusste. Öfter als genug bildete ich mir ein, dass wir Künstler nur deshalb Frauentypen sind, weil wir Künstler sind. Mich zum Beispiel halte ich bestimmt nicht für äußerst anziehend. Mag sein, die Frauen sehen das tatsächlich mit anderen Augen. Von meinen inneren Werten bin ich nun wirklich ziemlich überzeugt. Aber dann finde ich auch dort ein anderes Argument. So im Zwiegespräch mit mir selber: Manch heilige Hallen sind entwürdigend. Ist es das, was die Frauen wollen, das angeblich Heilige? Das dürfte nicht sein. Es geht doch keiner blind durchs Leben. Wir sehen, werten, verwerten. Doch betrachten wir die Welt nicht auch nach dem Gesichtspunkt, was wie in unsere Rolle passt, die wir vom Leben zugeteilt bekommen zu haben glauben, die wir uns aber eigentlich selber zugeteilt haben? Identifizieren wir uns nicht immer, auch in Bezug auf die Frauen, eher mit Mephistopheles als mit Faust? Ich schwitze vor lauter Ungeduld und dabei friere ich doch auch aus Angst vor dem, was ich so ungeduldig ersehne. Genauso ging es mir auch vor zwei Jahren. Also doch der Faust? Gestresst der innere Motor, der vorantreiben soll.

Ich hatte einen Walzer mit ihr getanzt. Ein Walzer hat doch immer wieder etwas Beruhigendes. Und dann hat sie mich um eine Zigarette gebeten. Zigaretten sind etwas ziemlich Scheußliches. Mein eigenes Gequalme kotzte mich damals schon an, so wie es mich auch heute noch ankotzt. Warum rauche ich dann? Was will ich damit ersetzen? Und die Uhr tickt weiter. Heute wie vor zwei Jahren. Ist dieses Ticken eine

Warnung oder eine Ermunterung? Wenn ich gähne, höre ich es nicht. Wir haben ein Wasser zusammen getrunken. Wasser ist reiner als Wein. Weil der Wein wässrig ist. Aber sag das mal einer einem Papst. Nach dem Essen hat sie sich die Hände an einem angewärmten Handtuch abgetrocknet. Handtücher sind eigentlich auch etwas Unhygienisches. Später dann gingen meine Finger auf ihrer Haut auf Entdeckungsreise. Heiße Tropfen in der feuchten Nacht. Meine Seele auf der Suche nach Kinderstimmen. Und nebenan basstönende Väter mit idiotischen Fragen. Warum hast du denn keine Ohren? Damit ich dich besser fressen kann. Irgendwann begannen die Väter, oder war es nur einer und ich betrunken, zu fluchen und die Kinder zu schreien. Dann war es still. Eine wundervolle Ruhe, nur unterbrochen vom Geklapper irgendwelcher Werkzeuge. Oder waren es Müllautos? Es wird wohl Morgen geworden sein. Irgendwann schlief ich dann ein. Ich wusste, wir haben in der Nacht den Ausnahmezustand ausgerufen, fern unserer Sinne, wir beide, sie und ich, ich und sie. Ich wusste, dass es mir gut tun würde, einen ganzen Tag lang nur Ausnahmeerscheinungen gelten zu lassen. Sicher war hinter irgendeinem Fenster irgendein Spanner, ob nun männlich oder weiblich, verborgen. Sie hatte keine Gardinen und das Fenster war weit geöffnet. Ich wusste, von Anfang an wusste ich, dass es für diese Nacht keinen einzigen Grund gegeben hatte. Keinen einzigen. Nicht einmal Verlangen, von Liebe ganz zu schweigen. Die grub sich erst viel später in mich ein. Wir sind uns nur zufällig begegnet. Und hatten für einen Moment, jeder für sich, unseren Göttern vertraut. Aber hatten sie auch uns vertrauen können?

Langsam nervt mich mein sentimentales, in Vergangenheit schwelgendes Selbstgeplärre. Aber ich komme irgendwie auch nicht mehr so ganz davon los. Ach was. Wetter ist Scheiße. Liebe ist Scheiße. Ich habe Angst vor der einen, mir reicht der Mut nicht für die andere. Und so weiter. Und so fort. Ich weiß, ich bin nicht der Märchenprinz, den jede von ihnen bräuchte, aber die anderen, die sie sich dann genommen haben oder nehmen werden, sind es auch nicht. Eigentlich weiß ich über all diese Dinge nur, von all diesen Frauen nur, dass sie mir gefallen.

Wer kann sich noch mit Recht unschuldig nennen? Immer alte neue Liebe. Viel habe ich noch nicht gehabt von diesen Lieben, vom Leben. Mir scheint, keine wartet auf mich. Aber ich warte immer mal wieder auf eine. Alles brennt. Zeitloses Lachen. Im Hintergrund ich, der Grübler. Bei mir, neben mir, um mich herum unsympathisch stumme Gesichter. Blutiger Schweiß darin. Nein, nein, sagen sie, wir wollen keine Helden sein. Ich, sage ich, schon. Aus dem Radio kommt ungeheuer harte Musik. Techno - Techno - Techno.

Wo ist der Swing geblieben? Wird alles gesampelt. Phrasen bleiben natürlich jederzeit erhalten. Unterm Fenster fahren Autos umher. Und in meinem Kopf die Erinnerungen. An gestern. An die Zeit vor zwei Jahren. Schönheit lebt nun mal von ihrer Vergänglichkeit. Vor meinem Haus versammelt sich der Ruin. Bierdosen in der Hand. Laut, betrunken. Zu laut. Zu betrunken. Der legt sein klares Veto ein gegen alles, was ich denke und fühle. Der missachtet es einfach oder tut zumindest so. Manche geben sich parteiisch. Aber das hat nichts mit mir zu tun. Nur mit den Ideen in den vom Alkohol überschwemmten Köpfen. Es kann mir nur recht sein. Sollen sie sich da draußen ritterlich wähnen. Morgen sind sie alle wieder traurig. Jeder auf seine Weise.

In mir drängt sich derzeit eine Fülle von Eindrücken. Teils durch bewusste, teils durch zufällige Begegnungen. Ich wurde in letzter Zeit mit so vielen Menschen konfrontiert, dass ich schon manchmal Angst bekommen hatte, einen Fehler zu machen. Einen Fehler, der all die neuen Beziehungen gleich wieder zerstören kann. Leben will ich. Und Leben ist Kontakt. In vielem muss ich mir noch selber klar werden. Das heißt, ich glaube schon, dass ich weiß, was mich mit all diesen Menschen verbindet. Aber oft habe ich eben noch den Eindruck, da bleibt vieles unausgesprochen. Besonders bei den Frauen.

Manchmal glaube ich, dass es wahr ist, dass man mit jeder Frau schlafen kann, wenn man sie nur irgendwie geschickt herumkriegt. Immer noch oder erst recht. Ich weiß es nicht. Als würde uns die Zeit keine Zeichen, keine warnenden Signale senden. Die Moral kam und kommt nicht weit. Sie hat keine Zukunft mehr. Sie hatte eigentlich nie eine gehabt. Sie glüht aus. Läuft weg. Läuft aus. Davon. War nie wirklich da. Was weiß ich. Wenn ich aus meinem Mansardenfenster schaue, ist nichts mehr von ihr zu sehen. Da war wohl nie etwas von ihr zu sehen. Nicht einmal die Sonne lässt sich blicken. Düstere Zeit, das. Die kuscht wohl ein wenig, die Sonne. Doch nicht etwa vor mir? Oder vielleicht pennt sie sich nur aus? Vom giftigen Staub. Von all den scheißromantischen Rendezvous. Recht hat sie. Bringt doch alles nichts. Von denen habe ich nun auch die Schnauze voll. Und die Sonne ist bestimmt klüger als ich. Diese Treffen unterm Mondschein und wenn der fehlt, unter einer Straßenlaterne, während sich Kater und Katze ein paar Meter weiter bespringen, sind die größte Gefahr. Sie sind der Anfang jeder Lüge. Jedes Küken lernt ganz automatisch, im Mist zu scharren. Egal zu welcher Jahreszeit. Zeit ist ohnehin völlig unwichtig. Immer wird sie begleitet von Kälte und Hunger. Mit kranker Kehle lassen sich schwer Loblieder singen auf diese lieblose, aber liebestolle Welt. Und der Mond, sobald sich die Sonne verkriechen will, kichert trunken dazu. Wie die Weiber mit den Bierdosen unter meinem Fenster. Braune Flüsse ziehen durch die Lande, gefüllt mit sinnlos vergossenen, gestorbenen Spermien. Berge schwitzen Gletscher aus. An den Theken starren menschliche Überreste eines ehemaligen Kindes auf das Morgen. Und die Kinder kichern heimlich in den Betten wie der Mond, ohne zu wissen, warum. Vielleicht nur in der Ahnung der Möglichkeit, diese ganze Scheiße irgendwie zu überleben. Etwas Neues zu finden. Oder einfach etwas anderes. Im Vorgarten lauschen die Rosen einem Sommernachtstraum. Meiner wird es nicht sein. Ihre grünen Augen suchen das Blau. Ich schließe das Fenster, wieder und wieder. Es ist so schön, geborgen in sich zu sein. Unter Tränen und Schmerzen vergraben zu sein. Darauf einen Kaffee. Mit Wasser aus den braunen Flüssen. Träumend, man wäre irgendwo in St. Louis oder weiß der Teufel wo. Die Welt tut schon ihr übriges. Da brauche ich nicht den kleinsten Finger zu rühren. Der Gram sitzt mir tief im Schulterblatt. Bis ich, das Opfer, mich zum Täter blähe. Geduldig wartet, auch auf mich, das Verhängnis, oder wie immer man das nennen soll. Alles kommt, sagt der Pfarrer mit seinem Lungenkrebs, wie vorgeschrieben. Bereuet! Bereuet! Bereuet! Ja, tut das mal. Das ist allgemeingültiges Recht. Und die gefährlichste Waffe. Niemandes Eigentum. Bereuet, denn das Klima ist hundsmiserabel. Einfach nicht mehr empfehlenswert, Damen und Herren Touristen. In niemandes Schublade liegen die wirklichen Pläne zur Rettung. Überall nur Freifahrtscheine für eine Runde kostenlosen Sex. Alles läuft, alles rennt. Der Liebe und somit dem eigenen Untergang entgegen. Vielleicht versinken wir im Übel. Und sind auch noch glücklich dabei. Mit unseren rot gelesenen Augen. Mit dem Leim auf dem Hintern. Das Hirn vernebelt von der eigenen Meinung, die in Wirklichkeit auch nur manipuliert ist. Verzweifelt ob unserer gebundenen Hände. Gäbe es Gott, wir hätten alle AIDS. Das wäre endlich einmal verständlich und menschlich zugleich.

Aber was soll mein Löwengebrüll. Habe ich mich nicht selbst wieder und immer wieder und immer wieder gefasst im von mir angeblich so verachteten Liebespalast? Habe ich mich nicht immer wieder und immer wieder und immer wieder selbst gefangen in der Illusion aus Silikon? Zuviel aus dem aphrodisischen Gefäß gesüffelt? Und immer wieder mein kleines Glück verspielt? Das Wahrzeichen des augenblicklichen Glücks nur als leichte Muse, manchmal auch als leichtes Muss empfunden? Aber nicht nur ich. Auch der Kardinal zum Beispiel, auch der. Eben auch der. Und nicht nur der. Da gibt es schon bestimmt Momente, da greift man umsonst nach dem Roten Telefon. Das singt nur: Unter dieser

Nummer besteht zur Zeit keine Verbindung. Und nun will ich vor mir selber Zeugnis ablegen? Als würde ich mir, wider besseren Wissens, ausreden wollen, dass die Zeitbombe, die ich selbst gebastelt und mir unter den Arsch gesteckt habe, schon längst explodiert ist. Und nicht nur einmal. Meine Reinfälle auf meine eigene Leidenschaft sind doch fast schon hitverdächtig. Trotz all der vielen Kriege überall auf der Welt. Trotz all der vielen verlorenen Sehnsüchte überall auf der Welt. Da stehe ich nun immer wieder und immer wieder und immer wieder an den mageren Flussufern und lasse mir das ewige Bild der Masken vorspiegeln. Vielleicht ist mein Fehler, dass ich es immer so eilig habe? Wozu soll Hast noch nötig sein? Wenn eines Tages doch die Welt die Menschheit planlos überlebt. Sie hat sie nicht vertragen. Noch nie. Dieses jammervolle Gewinsel der Libidinösen. Unelegant, der Völlerei verfallen in jeder Hinsicht: die Menschheit. Eine Märtyrerin die Erde, das Weib. Das geschändete. Vergewaltigte. Die Orientierungslosigkeit unserer Gefühle ist uns wahrscheinlich angeboren. Sind wir nicht nur ein ironisches Geplänkel? Ohne gleich Hitler oder sonst wen Bösen in Betracht ziehen zu wollen. Egal, zu welchen harten oder weichen Zeiten, wir waren doch immer, wenn nicht vorwiegend, so doch gern fröhlich. Mit unseren TV-Philosophien. Unseren leisen vergänglichen Zärtlichkeiten. In unserer einsamen weltschmerzenden Zimmerherrlichkeit. Dazu, natürlich, klassische Musik. Erinnerungen an eine Mutter. Ob man sie je verstanden hat? Ob man je etwas von einer Frau, und sei es der Mutter, verstehen kann? Wenn geistige Armut nur kein Makel wäre. Die meisten unterbrechen ihre Fröhlichkeit mit der Sorge, dass bald Sorgen kommen könnten. Wir können den Auflauf unserer vergangenen vergeblichen Lieben nicht mehr bewältigen. Vielleicht weil uns die globale, allumfassende Liebe fehlt? So viele verstorbene Tage. So viele Gefühle mit eitlen Sprüchen verschandelt. Was haben wir bloß an uns verkannt? Unseren Weg vielleicht. Der Zauber der immer wiederkehrenden stillen Hoffnung. Den namenlosen Retter mit den weichen schmiegsamen reifen Brüsten. Die Art unserer Ernährung. Was? Was? Was? Vielleicht haben wir einfach den Jüngsten Tag verpasst, Tag für Tag. Und nicht nur den. Vielleicht nur ein paar Menschen, die richtige Namen hatten. Verraucht, vergangen. Vergeben? Stille Andacht an stillen Plätzen ist nicht möglich. Chaos, freilich, auch in den Chefetagen.

Wann komme ich durch diesen seelischen Winter durch? Ich wittere ja schon den Frühling, wenn er meine traurigen Gedanken auch noch nicht aufzubrechen vermag. Beim vorigen Anfall von Wärme konnte ich ihn noch nicht kommen riechen. Außerdem muss ich auch an den „normalen Alltag“

denken, der mich bald wieder einholen wird. Man wird besucht, man besucht andere. Ich weiß, bald traue ich mich wieder außerhalb der beruflichen Wegezeiten heraus.

Ich bestätige mir immer wieder selber, dass ich ein Spinner bin. Aber, wenn man das als eigenlöblerische Einschränkung gestattet, ein konstruktiver. Oder?

Und dann kommt er wirklich, unaufhaltsam, der Montag. Das Fernsehprogramm läuft in den Gesprächen Parade. Magenkrämpfe. Und die Augen leuchten auf in all diesen visuellen Erlebnissen, die nichts kosteten. Na ja, die Fernsehgebühren. Montags bleibt nichts als die Erinnerung daran. Und mir die Erinnerung an meine grauen Leiden.

Aber der Montag bringt mir auch nicht die Liebe ins Haus. Frei Haus. Dabei würde ich gerne jemandem Märchen erzählen. Mittlerweile geht es mir schon so beschissen, dass ich auch immer das Gute siegen lassen würde. Vielleicht würde es mir dann besser gehen, in der Hoffnung, ich wäre ein Teil des Guten. Ich bin es selbst, der die böse Hexe vergiftet. Ich bin es selbst, der Geld in Wein verwandelt. Wie witzig. Ich bin es selbst, der um das Feuer tanzt und dabei seinen Namen singt. Weihnachten nehme ich mir das Leben, weil mich wieder mal eine Frau verlassen hat. Ich werde den Plan des Königs, seine Tochter umbringen zu wollen, an sein Volk verraten und bringe sie selber um, wenn auch vielleicht nur um den Verstand. Jesus schenkte mir Liebe und irgendeiner klaute sie mir wieder, wie im Märchen. Jetzt bin ich alleine, auch auf Arbeit, auch unter vielen, und warte, bis jemand vorbeikommt, um mir mein Feuerzeug zu bringen. Doch die Wege sind wohl etwas zu lang. Da liegen die Autobahnen dazwischen und eine Sehnsucht, die mich am Zopfe zieht. Wohin nur, wohin?

Das meiste kann man gar nicht begründen. Denn im Grunde ist nichts weiter los außer Nebel. Janett aus der Kantine fragte mich, ob ich zu ihrer Geburtstagsparty kommen möchte. Und ich sagte: „Vielleicht, wenn ich Lust habe."

Nach solch einer Antwort würde sich jeder gekränkt fühlen, der glaubt, ich hätte nicht sehr viel Vertrauen zu ihm oder, in diesem Falle, zu ihr.

Aber Janett lächelte bloß und hauchte: „Au fein, das wäre schön."

Na gut, es wird hoffentlich solch eine Atmosphäre herrschen, dass ich mich phantastisch fühle. Morgen steigt also die steile Fete ...

Und immerzu wieder diese Erinnerungen. Als ich im Internat war, hatte ich es am Anfang schwer, mich zurechtzufinden, fand dann aber doch einen Menschen, mit dem ich mich wahnsinnig gut verstand, und mit dem ich dann auch auf ein Zimmer zog. Das war großes Glück, denn oft kann man sich dann, da man ja noch niemanden kennt, die Leute nicht aussuchen, mit denen man im Internat auf ein Zimmer zieht. Im Grunde waren wir beide wie Tag und Nacht, aber, und das ist wohl immer das Wichtigste, wir hatten uns etwas zu sagen. Natürlich haben wir uns zum größten Teil über die Mädchen unterhalten, über was denn sonst. Ich fand die Mädchen bei uns im Internat durch die Bank weg albern und dumm und hässlich obendrein. Na ja, immer diese Vorurteile der Intellektuellen. Die Mädchen, die mir gefallen haben und wohl immer noch gefallen würden, sahen auch nicht viel besser oder hübscher aus, aber sie waren, sie sind halt anders. Man hat den Vorteil, dass man mit ihnen reden kann. Und wenn es ganz gut geht, über alles. Allerdings habe ich im Internat auch die Erfahrung gemacht, dass man sich, wenn es die Situation verlangt, anpassen muss. Und sich anpassen muss, ohne das Gesicht gleich zu verlieren. Es wäre schlecht, sich in solch einer Zeit gegen alle zu stellen. Jeder Mensch, ob nun sympathisch oder unsympathisch, hat seine guten Zeiten. Und aus denen kann man immer auch etwas für sich selbst gewinnen. Und sei es auch nur ein nutzloses Gespräch, das aber hilft, die Zeit zu überbrücken. Bei der Armee, bei der ich nie war, hätte es sicherlich ähnlich sein können.

Mit der einen oder anderen dieser hässlichen dummen Miezen habe ich es auch mächtig getrieben. Aber ich bereue keine Sünde. Ich habe viel zu wenig Chancen, ihr zu huldigen, als dass ich auf sie verzichten könnte.

Und sowieso. Nie wird man eine Frau kennenlernen, die so ist wie die, nach der man sich in seinen Träumen sehnt. Ich glaube, dass gerade diese eben auch geistige Entfernung Sylvia anders erscheinen lässt als sie ist. Vielleicht glaubt man plötzlich, dass sie nicht so ist, wie man sie will. Es sind diese Momente, wo man ihr gegenüber nicht so sein könnte wie man zu ihr sein will.

Aber: Ich warte und warte. Hoffentlich vergesse ich dabei nicht, worauf.

In der Antike war es vielleicht oft viel einfacher. Da stritten sich manchmal die Brüder um ihre Schwestern.

Ich gehe zu Janetts Party. Mitten durch die Nacht. Über uns allen thront der Mond. Unter uns krümmt sich die Liebe.

Eine Party zum Vergessen. Ich weiß nur noch: Die spanischen Gitarren vom Plattenspieler erklangen in sehr anheimelnder Melodik.

Kurz aber schmerzlos: Der Wein.

Nachdem ich dann mit einem mich unheimlich störenden und mir im Wege stehenden Schädel aufwachte und, vom wankenden Fieber erfasst, nach Hause schwankte, um dort irgendwo einen Halt zu finden und glaubte, das Bett wäre die einzige Rettung, hatte ich nicht nur körperlich ein schlechtes Gefühl. Dieser Maskenball bei Janett. Hatte sie nicht Geburtstag oder so etwas? Und mit steigendem Alkoholspiegel sank die Vernunft, und irgendwann begannen wir alle, einen Wust von Dummheiten zu machen, über den wir einerseits sehr gelacht haben heute, der uns aber andererseits vor die Frage stellte, was wir eigentlich für Menschen seien. An einiges kann ich mich gar nicht erinnern. Bei zwei Leuten habe ich mich entschuldigt, und sie haben sich über meine Gewissensbisse köstlich amüsiert. Nun bleibt abzuwarten, ob diese im Grunde vielleicht gar nicht so schlechte Party noch irgendwelche andere Folgen haben wird. Folgen können auch positiv sein. Na gut.

Es ist schwer geworden zu verstehen. Die Texte sind verschlüsselt. Die Worte verstümmelt.

Violetta. Grit. Sylvia. Janett. Und. Und. Und. Weiß ich noch, bei wem ich gestern war? Weiß ich noch, bei wem ich gestern sein wollte? Wenn man noch nicht bereit ist zu wählen, nimmt man wohl jede sich bietende Gelegenheit wahr, solange bis die Umstände entschieden haben. Plötzlich aber ist der Tag gekommen, an dem man sich von ganz alleine entschieden hat und oft genug wird es einem erst hinterher so richtig bewusst. Solange man sich selber betrügt und nichts anderes ins rechte Licht rücken kann und auch das nur Rechtfertigungen sind, die nicht stimmen, muss man sich, seine Gefühle, meiden, was natürlich überhaupt nicht geht. Doch heute, so mit meinem Kater im Bett, bis mich der Mittwoch weckt, bringt mich das alles kein Stückchen weiter. Wer nichts glaubt, der wird nichts finden. Wer ewig sucht, der wird gewiss sehr vieles übersehen. Am meisten die Menschen neben sich. Ja, er kann sie sogar vergessen, einfach vergessen. Im Übrigen ist das nicht mal mehr lustig. So viele, die noch vor Wochen beieinander saßen, sind heute nicht mal mehr in der Lage, sich auch nur flüchtig zu grüßen. Die Gesänge, die ungehört verklingen, weil niemand den Tonfall, den richtigen, kennt.

Ich weiß nicht warum, aber ich habe beschlossen, heute doch noch zur Arbeit zu gehen.

Seltsamerweise ist Janett auch da, obwohl sie, wie ich, für heute frei genommen hatte. Ihr Lächeln, kurz durch die Kantinenluke geschoben, gab mir wieder soviel Mut und der ganze Kater, der seelische und der körperliche, war vergessen. Da sitze ich nun, ihr Lächeln im Rücken, trinke einen extrastarken Kaffee und freue mich über das alles. Und freue mich über Janett. Eigentlich ist sie es doch gewesen, die mich hierherkommen ließ, und nicht der Job oder die Kohle. Was wir aneinander haben, ist es wohl wert, nicht weggeworfen zu werden. Wir werden es bewahren können, das fühle ich.

Solange wir uns bewahren können. Wovor überhaupt? Vor jedem überflüssigen Selbstzweifel zum Beispiel. Es ist ein Gelächter in diesem Land, eines, das nicht hämisch klingt, sondern gesund und gesundend. Es kommt aus unseren Herzen. Und die Zeit ist nahe, da wird jeder ihm lauschen können. Noch ein Grund zu überleben.

Da setzt sie sich zu mir, die Janett, sieht mir in die Augen und fragt mich: „Wieso hast du denn gestern nicht mit mir geschlafen?"

Zum Glück habe ich den Kaffee nicht gerade zum Mund geführt. Diese Offenheit hat mich im ersten Moment ungeheuer erschreckt. Doch auf einmal fühle ich eine unheimlich starke Wärmewelle meinen Rücken hinuntergleiten. Diese Form von Offenheit war es, die ich die ganzen Tage über schon gesucht habe. Nicht auch die ganzen Jahre über? Aber was hat sie ausgelöst? Vielleicht auch Offenheit von meiner Seite. Eine andere. Ja, so muss es sein. Ich komme auf einmal aus den Wolken herab vor ihren Augen, die immer noch auf meine gerichtet sind, bin so wie alle mit einem Schlag, mit einem Satz, habe plötzlich auch in den Augen derer, die mich immer nur als Schema ansahen oder als was weiß ich, die Erscheinung eines Menschen aus Fleisch und Blut und Spermien und Ängsten, Komplexen, Problemen, Hoffnungen und Illusionen. Aber auch mit Kraft zum Kämpfen ums

Überleben. Oder um eine Liebe. Was eigentlich dasselbe ist. Ich überrasche mich mit einer stummen Dankbarkeit, die glücklich über diese ganze Situation ist. Oh ja, meine innere Stimme wusste schon ganz genau, warum sie hierher wollte. Da ist mir, als erlebte ich die Geburt einer Liebe außerhalb des erotischen Treibens und doch mittendrin. Außerhalb des Spielens miteinander und doch mitten im Spiel. Außerhalb des Kämpfens um- oder miteinander und doch mitten im Kampf. Das ist es. Das muss es sein. Lernen miteinander und auch sich lehnen aneinander.

Natürlich: Das Gefühl erkältet sich mitunter. Ich niese. Und Janett lacht.

Ich versuche, mich verzweifelt an diese Fete zu erinnern. Anfangs war alles wie immer. Wir redeten über Platten und Musik, tratschten die Szene breit, ärgerten uns stundenlang, dass keiner von denen, die wir kennen, bisher eine CD veröffentlicht hatte. Als die meisten Mädchen die Sorgen ihrer Eltern linderten, indem sie nach Hause gingen, lasen wir uns gegenseitig aus guten Büchern vor, erzählten Witze, und nachdem das nötige Maß an Alkohol dann erreicht war, schrieben wir ein Gedicht nach dem anderen. Das war es. Das hatte ich vergessen. Irgendwann gegen halb fünf morgens beschlossen wir, wenigstens eine Stunde zu schlafen. Als ich gegen acht wach wurde, waren die anderen beiden

Typen, die mit mir geblieben waren, schon weg und Janett lag, so bildete ich es mir jedenfalls ein, in den schönsten Träumen. Hatte sie erwartet, dass ich mich zu ihr legen würde? Ich wäre nie auf diesen Gedanken gekommen. Und so ging auch ich nach Hause, um einen Brief zu schreiben. Aber mein Schädel war stärker, viel stärker als die Gedanken darin.

Schnell fragte Janett: „Wollen wir nicht am Wochenende nach Hiddensee fahren?"

Ich antworte und schaffe es nicht, dabei zu lächeln: „Warum also nicht Hiddensee?"

Janetts Augen umarmten mich.

Ein Wochenende. Das sind zwei Tage. Und dann Hiddensee. Auf einer schönen Insel, die nahezu zu idyllischen Träumen provoziert. Wellen rauschen. Fische plauschen. Und viel Sonne und so. Eine türlose Behausung. Sind sich doch ohnehin alle einig. Sind alle hungrig hier. Gibt aber nichts zu essen. Nicht mal für Touristen. Und das sind wir. Nur so ein Fischgericht eben an der Imbissbude. Ein Gericht.

„Die Idee eines Gerichtes", sage ich zu Janett, „ist immer falsch. Bevor es andere erschlägt, hat es dich selber erschlagen."

Ich glaube, sie versteht mich nicht. Schön ist, dass sie trotzdem lacht. Niemand darf mich auf eine wundersame Insel verbannen. Aber mitnehmen durfte sie mich. Für ein Wochenende. Das sind zwei Tage. Nicht einmal der Preisverleiher der spannendsten Game-Show dürfte das. Nur sie.

„Wo Arroganz aufhört", sage ich, während wir einen Weg über die Felsen entlanglaufen, „kann Größe beginnen."

Sie lacht nicht. Also hat sie mich verstanden.

„Was man aber hat", sagt sie nach einer Weile, „das hat man."

So einfach können Worte klingen. Aber doch nicht auf einer einsamen Insel.

„Immer sollte man wählen können", sage ich wieder, „ob nun Tag oder Nacht, Tod oder Leben. Ärgernisse gibt es genügend. Grund ist immer vorhanden."

„Liebe ist ständig gefährdet.", antwortet sie kurz, bleibt stehen, umarmt mich und küsst mich.

„Oft erwartet man ja auch zu viel.", sage ich schnell hinterher, und versuche zu lächeln. Es gelingt mir zum Teil. „Weil man einem Bilanzierungszwang, das eigene Leben betreffend, vor sich selber unterliegt. Was man dann loswerden will, wird, bevor man es ablegt, gereinigt."

„Okay", sagt sie, etwas traurig, „gehen wir baden."

„Und", sage ich, während meine Augen einen Weg für den Abstieg von diesen Felsen suchen, „das Große in uns wird verkleinert."

Janett lächelt leise.

„Sätze werden verfälscht“, sage ich, „weil sie verharmlost werden.“

Sie zieht die linke Augenbraue hoch. Das sieht sehr schön aus. Das ermutigt mich. Und ich habe einen Weg entdeckt, einen Weg zum Strand. Janett pflückt ein Blatt von einem Baum. Neben uns *Betreten auf eigene Gefahr*-Schilder.

„Man will ja“, rede ich und rede ich, „wenn man schon verlieren soll, so im Allgemeinen, nicht auch noch die dürftigen Kontakte zur Umwelt verlieren.“

„Eine schöne Insel.“, sagt Janett.

Ich lasse mich nicht stören.

„Ohnehin“, sage ich, „fällt momentan sehr viel in sich zusammen.“

Unter uns rollen Erdbröckchen nach unten.

„Je komplizierter die Zusammenhänge, desto eher ist man versucht, nichts vorzubeurteilen oder so.“

„Vorzuverurteilen.“, korrigiert mich Janett.

Ich bin ihr nicht dankbar dafür. Ich atme tief durch wie in einem Gerichtssaal oder vor welchem Auditorium auch immer. Ein bedrückendes Atmen. Ein Atmen der Bedrückung. Ich fühle die heiße Luft unter meinem T-Shirt.

„Es sind dies“, sage ich mit einem schweren Seufzer, „die großen Zeitabschnitte, wenn sie unkontrollierbar werden.“

Janett sieht mich mit tiefen Augen und dunklen Pupillen an.

„Manchmal verstehe ich dich überhaupt nicht.", sagt sie flüsternd, fast resignierend, traurig.

Ich versuche, ihr meine Worte zu erklären, wobei ich überlege, was ich eigentlich gesagt habe.

„Pass auf", doziere ich, langsam, als wollte ich dieses Mädchen, deren Brüste spitz und fest ihr T-Shirt berühren, beruhigen. „Man ist immer versucht, das Gegenteil von dem zu behaupten, was man meint, behaupten zu müssen. Gerade, wenn es um die landläufige Triebhaftigkeit geht."

Janett schluckt und fragt mich: „Was soll das zum Beispiel heißen?"

Ich sage, verlegen lachend: „Das heißt, es ist egal, welche Scheiße ich dir auch erzähle. Alles bedeutet nur eins: Ich will mit dir schlafen."

Jetzt lacht sie, ich hatte es vorher geahnt, laut, herzlich, befreit.

„Also", sagt sie nach einer ganzen Weile. „Du meinst, wenn wir rot sehen, malen wir schwarz?"

„Ja", sage ich, ebenfalls lachend. „Stell dir vor, man ist hier, träumt ein ganzes Leben lang vom wahren Leben, diese Insel und all das inbegriffen, steht daneben, sieht es nicht, und träumt und philosophiert und holt sich einen runter und träumt und philosophiert ... Verstehst du mich jetzt?"

„Ja", sagt sie, und wir beginnen den Abstand zum Strand,

während unsere Körper ihre heißen Schwingungen austauschen, zu verringern.

„Das ist fest ins Gehirn hineinoperiert, dieses Syndrom des Wartens, selbst wenn man angekommen ist."

„Und was ist", fragt sie, „wenn man merkt, dass man angekommen ist?"

„Das ist", sage ich, „die Affenwerdung des Menschen."

„So schlimm?", fragt sie zurück.

„Wieso schlimm? So schön. Das ist Freiheit, und nicht nur der Traum oder das Versprechen von Freiheit. Und es kann einfach nur gemütlich sein. Ein Leben wie ein Traum."

Und ich rede wieder und rede und rede. Aber nun hört sie mir zu, jetzt, wo sie den Kontext meiner Reden kennt.

„Ein Leben mal nicht von der Gnade der Banken. Das Gut und Böse weicht dem Begriff von Arm und Reich und umgekehrt. Alles ist Leben. Und dieses Leben trägt schon den Abschied in sich. Den kleinen und den großen Abschied. Aber hier, auf dieser Insel, fällt es doch viel leichter, zu begreifen, dass man loslassen können muss. Ja, man weiß auf einmal, dass man loslassen kann. Das gesamte bisherige Leben zum Beispiel. Alles ist so weit entfernt. Warst du schon mal im Winter hier?"

„Ja", sagt sie, „öfter."

„Siehst du, dann weißt du, dass der Wind hier besonders im

Winter die Spuren sehr schnell verweht. Tja, ihr tollen Sommerfrischler, das Leben ist nun mal kein Fitness-Center“, sage ich in Richtung der unter uns liegenden Strandschläfer. „Auch wenn es manchmal so aussieht. Zwei Wochen mal der eigene Bodyguard sein. Was auch immer. Und diese Illusion, wenn sie nur eine Illusion ist, lässt sie alle ihre sonst so leeren Tage verfluchen. Anstatt immer wieder neu auf die Suche zu gehen und die Erfüllung ihres Traumes jeden Augenblick des Lebens zu entdecken. Sie warten alle darauf, dass es eines Tages knallen müsste, und alle Erwartungen wären erfüllt. Aber es knallt eben nicht. Und man ist angeleimt. An dieses klebrige süß-saure Stück Leben, das man, das jeder zufällig sein eigenes nennt. Und sie beginnen, innerlich zu verrotten. Manchmal habe ich Angst, dass das auch mir passiert.“

„Dir nicht“, sagt Janett schnell, „Du bist anders als die andern.“

Doch ich weiß es besser, und behalte es für mich.

„So geht das dann immer weiter. Bis zur Endzeit oder so. Bis man all seinen banalen Gewinnen nicht mehr glaubt. Bis man den Wohnort wechseln möchte. Anstelle seines eigenen Ichs. Oder seinen Job. Weil alles nicht gefällt, weil alles öde zu sein scheint. Aber man ist gefangen in diesem absichernden sozialen Netz und man möchte den goldenen Käfig doch nicht missen, wo man ihn sich doch gerade so schwer erarbeitet hat. Sie finden, es wäre ein tolles Gefühl, die Nächte zu hassen. Das Abbild ihrer eigenen Sinnlosigkeit. Das Dunkel. Das Grauen. Die Angst. Und das Wissen, dem nicht wirklich entfliehen zu können. Ihrer, unserer", nun beziehe ich mich doch noch mit ein, was nur ehrlich sein dürfte, „Hoffnungslosigkeit. Unserer tristen Gedanken. Was war, das bleibt haften, wenn man will. Was sein wird, mein Gott, gibt eigentlich so viel Anlass zu hoffen."

Janett nimmt meine Hand. Kurz über dem Strand, ungeachtet eventueller Blicke, schlafen wir miteinander, wie Süchtige, die wissen, dass sie kurz darauf in ihren kranken Abhängigkeiten ertrinken werden.

Schön, wenn ein Tag dieses Gleichmaß hat. Wenn man die Zeit wieder dem Anfang schenken kann. Wenn Wut und Hass gerade keinen Grund haben, sich zu entwickeln. Die erste Zeit, die ersten Sekunden danach, sind die angenehmsten. Wenn der Weg noch nicht betreten ist. Wenn die Gefahren noch nicht erkannt sind. Wenn man sich alle Schönheiten der eigenen Gefühle und der des anderen erhoffen kann. Wenn man bereit ist, sich und den Menschen, der neben dem Ich liegt, neu zu entdecken. Oder überhaupt erst zu entdecken.

Eine Insel für ein Wochenende, für zwei Tage ist kein Zuhause, kann kein Zuhause sein, sondern immer nur eine

Hoffnung, immer nur die Hoffnung auf ein Zuhause. Da hat man keine Chance, seine negativen Seiten zu retuschieren oder zu kaschieren. Und kein Mensch braucht Gutachten über die kleinen privaten Sensationen. Auf so einer Insel benutzt man keine Methoden, keine gelernten Vorgehensweisen. Auf solch einer Insel ist man. Nichts weiter. Denn die Insel selbst hat keine Heimat. Man kann sie verlagern. Sogar auslöschen. Das Meer kann sie wieder verschlingen. Mühelos. Und ihre Unauffindbarkeit wird große Verwirrung stiften. Diese Angst ist gleichzeitig unser Schrei der Lust. So vergänglich wie alles um uns herum. Welchen Wert hat eine Insel, deren Namen man nicht ruft, wenn man sich miteinander und mit ihr vereint. Rufend suchen wir uns selber bis zur Lautverstümmelung. Wenn wir uns loslassen, uns von uns, uns von der Insel lösen, in wenigen Augenblicken, kann es geschehen, dass wir uns, dass wir dies alles aufgeben werden bis zur Fettwerdung. Wie ein Komposthaufen machtlos gegen den Zerfall. Doch da ist eine Amsel, die sich an unserem Dasein erfreut. Neugierig unterbricht sie ihr schelmisches Stottern. Eine entscheidend wichtige Solistin im Weltenchor. Im Inselchor. Im Weltengesang. Im Inselgesang. Sie wird denen, die nach uns kommen, über uns berichten. Und ihre Kinder werden es tun. Und ihre Kindeskinder. Natürlich werden sie auch von sich erzählen. Nur Steine sprechen nie über sich. Außerdem versteht die sowieso kaum jemand. Kaudergewelschtes Stöhnen unter der Last der Zeit. Im Takt des sanften Wellenrauschens. Weltmaß. Regenbogenwunder. Die Schotten sind geöffnet.

Da liege ich nun. Ausgeleert. Ausgepumpt. Stoffgewechselt. Ich bin Geist gewesen, ganz kurz nur Geist. Jetzt bin ich wieder Fleisch. Hingelegt. Schwer atmend. Weggeworfen. Müllhaldeninventar. Ein Mensch eben. Eine Leiche bin ich. Das Nichts im Niemandsland. Herzlich Willkommen, rufen mir die Geister zu. Ach was, flüstere ich, ich war schon immer bei euch. Neben mir seufzt schwer ein anderes Fleisch mit tiefen Wunden.

Wir reden nicht mehr. Nie wieder? Wir werden warten immerzu. Den ganzen Rest unseres Daseins warten. Auf einen neuen Menschen. Auf ein neues Kind. Auf einen neuen Stern. Auf eine neue Welt. Auf das wirkliche Glück. Vielleicht auch auf die Wiederholung des gerade erst erlebten. Auf das Lieben unserer Seelen nach der Vereinigung unserer Körper werden wir warten. Auf die Rache der Langeweile. Auf das Ende jeden Beschisses. Auf den ewigen Schlaf. Auf die absolute Idiotie. Der Messias kommt. Ein Teil der ganz großen Lüge. Und wir haben es nicht bemerkt.

Da steht er vor uns und kann seinen Blick nicht von uns reißen. Sieht uns an mit wissenden oder staunenden Augen. Vielleicht einfach fassungslos. Ja, so ist das, Sohn Gottes. Der Tanz hat nun begonnen. Wo bleibt bloß das Kalb? Oder war es ein Lamm? Die Augen sehen neu. Der Mond hat, und wir haben es nicht bemerkt, die Macht des Tages an sich gerissen. Die Psychose wird zur neuen Moral. Der Prophet, so wie er vor uns steht, erkennt die erste Gelegenheit zu schweigen. Endlich kommt er uns holen. Alle wussten sich näherzukommen. Sich und ihren quellenden Phantasien. Ich stehe auf, da tropft etwas an meinen Beinen herunter, und weiß sofort, jetzt habe ich diesen Bazillus in mir. Nein, ein Kämpfer war ich nie. Verloren von vornherein. Dennoch wurde ich erwählt. Vor mir steht mein Prophet, um mich mitzunehmen. Heute beginnt die Molotownacht. Ich bin das neue Lamm. Zwar zur falschen Zeit geboren, aber nun bin ich doch da. Das Grauen ist in mir. Ich konnte es nicht in Janett hineinschreien. Ich alleine weiß das. Bei all meinen Schmerzen. Unter all meinen Schreien. Meinen Klagen, meinem Beten. Meiner Liebe, die erschlagen daliegt, neben mir, unter mir, die eine Hand noch schützend vor die Augen haltend, den Mund leicht geöffnet, so als wollte sie etwas sagen. Rot brennt noch ihre Wunde, und ihr Wasser seufzt. Meine Geburt war heute, und heute ist der schwarze Tag des Jahrhunderts. Meine Augen sind das unsichtbare Licht. Die Bejahung des Lebens ist die Verneinung des Fortbestandes der Menschheit, und doch habe ich meinen schweren Keil in dieses Wissen getrieben. Wie wertlos ist die Welt. Wie Geld und all das. Schon immer gewesen. Man kann sein Überleben nicht dafür kaufen. Nicht mal bessere Träume. Janetts andere Hand zittert auf meinen Zehen. Mein Hunger wird wieder größer. Ich kann nicht allen Todgeweihten helfen, denke ich. Ich lege mich wieder hin. Janett rollt zu mir herüber. Das Stöhnen ist erträglicher als die Ansicht leisen Todes. Vögel stochern zwitschernd nach meinem Herzen und sind so fröhlich dabei. Ich kann dieses Theater nicht gebrauchen. Und mein Blut sprengt die Grenzen der Frau auf mir. Mich braucht man über nichts mehr zu unterrichten. Nur noch versuchen zu ertränken.

Und da weinen wir. Und da flüstern wir. Und da werden wir müder. Doch wir werden wieder lachen können. Und die Tauben werden wieder fliegen. Wer achtet schon auf gut gepflegte Fußböden. Hauptsache, man überwindet den tiefsten aller Gräben. Der Messias ist wieder zum Himmel gefahren oder gelaufen, um alles dem lieben Gott zu petzen. Es gibt nur einen Tod nach dem Tod. Wir werden den Weg zum Strand heute nicht mehr finden.

Nur der Morgen dann reißt die Blätter von den Bäumen. Wild und unbeherrscht. Giftig wie eine Feuerkröte sein Licht in meinen Augen. Habe ich geschlafen oder nicht?

Die Zeit geht wieder viel zu schnell ins Land. Die Prinzessin, von der mir träumte, schläft noch immer. Ich komme nicht durch die Dornen, wenn ich zu ihr will. Diese Macht habe ich nicht. Manchmal höre ich sie atmen unterm Wind. Ruhig, so als würde sie warten. Mir ist, als hätte ich sie noch nie gesehen. Geahnt vielleicht. Keine Ahnung, warum dieses Gefühl. Es macht mich besser als ich bin. Es ist einfach gut für mich. In meiner Nase bewegt sich ein putschender Geruch. Der Geruch, den es überall gibt. An jedem Ort. In jeder Stadt. An jedem Ort, in jeder Stadt anders. Wenn ich mich zu ihr umdrehe, ist niemand da. Nur ein verlöschendes Feuer in der Ferne. Das mich an Weihnachten erinnert. Serenade bei Kerzenschein oder so. Leer ist es.

Und wieder werden einige Seiten herausgerissen. Gestrichen aus dem Gedächtnis.

Was ist Glück eigentlich? Schwindender Ärger? Eine Party, die lustig war? Wenn einer einem aufmerksam zuhört? Wenn mich eine überredet, bei ihr zu bleiben? Wenn man sich zufällig selbst findet? Wenn man mit jemandem tanzt, den man nicht kennt? Wenn ein Glas zerbricht, und Blicke sich in den Scherben spiegeln? Wenn man sich blind stellt? Wenn man sich auf nichts spezialisiert? Wenn man für cool gehalten wird?

Der Tag fängt an und wirft eine Ladung Menschenmaterial

auf die Insel. Mein verhaltener Ruf nach Janett schmunzelt. Glocken schlagen giftig. Die Teilung hat begonnen. Jungs und Mädels, an den Händen der Eltern, kichern begreifend. So starben einst Tiere aus. Jetzt wissen wir es.

Ich rufe erneut. Das Herz vibriert unter sich südländisch gebender Sonne. Wo ist nur der Respekt geblieben?

Ich rufe erneut. Versuche, sanft die Lippen, die Zunge, den Kehlkopf zu bewegen. Eine unausgesprochene Bitte liegt in meinem heiseren Flüstern. Ohne einen Groschen in der Tasche. Ohne Hoffnung auf ein wirkliches Ende. Ohne Schutz von innen. Selbst den eigenen Namen weiß ich nicht mehr. Nun nicht mehr. An diesem Morgen, diesem anstrebenden Tag. Ganz zu schweigen von den Namen der anderen. Ich weiß nur noch ihren, ihren, ihren. Wie man zu etwas kommt, weiß ich auch nicht mehr. Der Unterschied zwischen mir und einem Wohlstandsbürger ist nur ein rein äußerlicher. Der Berg zum Wohlstand an sich ist nur ein Haufen Lumpen, den es abzulegen, auszuwechseln gilt, hingeworfen auf einer Klippe über dem Strand. Und eine Waschung mit der Hand. Ein verregneter Himmel. Klirrender Tagesanbruch. Ein Aufschrei, ein Erkennen der Zeichen der Zeit. Eine Qual weniger. Das Gefühl muss erst verkommen. Der Kick muss mich überraschen, weggekommen zu sein. Einen Polizisten, dampft mein Hirn, zu verachten,ist der erste Schritt zur selbstdiktatorischen Revolution. Der Tod ist über Nacht ein großes Abenteuer geworden. Reichtum, wenn man seine Ideale zur Ideologie wachsen lässt wie das Glied in einer Frau. Vom Stuhl der Macht Wut herausschreien. Ewiges Leuchtfeuer sein. Der Umbruch beginnt im Individuum. Das lehrt uns die Erfahrung. Die – was?

Da ist sie zu mir herübergerückt. Wach. Halbwach. Lässt die Zellen ihrer Haut mit den Zellen meiner Haut verschmelzen. Die Wärme eines Menschen kann mich verbrennen. Jetzt und hier. Ohne Vorwarnung. Wo man zur Freiheit aufbrechen möchte. Die Aufgeblasenheit der Liebe drückt die Luft ab. Die Zeit hält den Atem an. Ein billiger, ein wundervoller Tod. Neben der Langeweile zu altern. Bis sie angeödet geht.

Eine Frau, die mich liebt. Nicht Traum, Realität. Eine Frau, die mich sogar mehr liebt als ihr Fahrrad, das vor den Dampfern rostet am Hafen. Eine Frau, die meinen Körper liebt, meinen Atem, mein Gesicht. Die weiß, was sie will: mich. Als Freundin, als Geliebte, als Frau. Die, wenn sie will, ohne Szene geht. Hypnotisiert werde ich dann sein von der Erinnerung an sie. Mein Laufen, mein Beinevertreten und das Geschlechtsteilentkrampfen gilt einem gelebten Traum. Ich verdaue schnell, aber mit nachhaltigem Appetit. Wenn die Sonne untergegangen ist, irgendwann am Ende dieser Zeit, will ich sie mir noch so vorstellen können. Nichts bleibt beständig, wenn nicht im Kopf. Mein Traum bin ich.

Die Bilder hängen über mir.

Dann müde auf dem Dampfer heimwärts. Ihr Fahrrad beobachtet die Bugwellen. Ihr Kopf kriecht in meine Schulterblätter. Ich sehe und sehe. Und rieche und rieche. Die Frauen hier sind zu schön. Mit Hasch rauche ich sie mir hässlich. Ich will den Blues vergessen. Nur diese eine Note will ich noch behalten, diese eine blaue Note. Die Tiefflieger über uns sind mir zu rockig. Ich bin zu schön für diese Welt. Es ist egal, was werden wird. Es wird ja doch nichts. Also fresse ich mein Geld. Nach und nach in kleinen Fetzen. Es hat kein Gesicht mehr. Keinen Reiz. Es wird nichts mehr passieren. Ab heute und in alle Ewigkeit. Amen. Die Zeit ist schon gestorben, als der Morgen klirrte wie Pinkeln in Pappbecher. Der letzte Rest wird ausgekehrt, damit sich die neuen Menschenmaterialien auf der Insel Gottes von sich bekehren lassen können. Es gibt sehr viel Dreck in ihnen. Das wird sie überraschen. So wie es mich überrascht hat. Jeder Weg ist damit gepflastert. Und keiner vermag es zu sehen, bis er auf dieser Insel war. Avalon vor Rügen. Von da an führen die Wege ins Nirgendwo. Niemand kann mich, kann uns mehr fangen. Es ist nun Zeit, zu gehen. Das Licht ist ausgegangen. Regen küsst ihre weichen, nun nach mir süchtigen Lippen. Der Frust wird uns an der Stralsunder Nordmole wieder empfangen. Was für ein schönes, bekanntes Gefühl. Oder wird er sich diesmal endgültig von uns abwenden? Ich habe meine ganzen Masken durcheinandergebracht. Sie hat meine ganzen Masken durcheinandergebracht. Ich ihre sicher auch.

Noch einmal Glanz und Glitter in meinen Augen. Natürlich kann auch diese Ankunft, wie jede andere, eine Pleite sein. Vielleicht ist alles, was ich sehe, die Silhouette der Stadt, diese typischen Kirchen, nur Einbildung. Und ich lächle einem Trugbild entgegen. Einem Trugbild, das ich mag. Es ist mir unbekannt und vertraut zugleich.

Da muss man also unbedingt auf diese Insel fahren. Um in Liebe zu fallen. Ins blaue Licht. Und der Dampfer schickt sich an anzulegen.

Ein neues Lied wollen wir heute singen.

Das Wetter ist bleich und müde. Doch ich habe immer noch Lust auf Cha-Cha-Cha. Das Nachdenken nur hindert mich daran, dieser Lust nachzugehen.

Da kommen wir also wieder an. Willkommen im Land der Träume. Wir haben ein paar Blumengebinde für Sie. Es fehlt nicht an Exklusivität. Ratten gibt es hier nicht. Und keine Geheimdienste. Dafür eine Menge Chancen weiterzukommen. Sowie den Regenbogen zu finden. Es ist doch immer wieder schön, wenn man aufwacht und alles war ein

Traum. Alles klingt verrückt. Man kann hier gar nichts kaufen. Auch nichts mieten. Also kann man sich auch nicht kriminalisieren. Keine Tür ist verschlossen. So werden Krisen verhindert. Es ist ein neuer Punkt gesetzt worden. Die Lage ist allgemein besser. Mehr kann man nicht wollen. Nichts ist wirklich fremd. Alles ist offen. Das Trinken macht Spaß. Schneewittchen steht auf Koks. Aber darüber wird nur hier gesprochen. Besonders gern bei Regen.

Aber ach, wir sind nicht angekommen im Land der Träume. Angekommen sind wir in Stralsund, und wenn wir gute Laune haben, sagen wir auch „zu Hause" dazu. Das ist aber sehr selten. Und morgen wird alles wieder von vorn beginnen. Der Versuch, sich an das Gestern zu erinnern. Wer weiß, was ich wieder für einen Mist verzapfen werde. Ich will es heute noch nicht wissen. Es ist alles so weit weg. Ich verstehe mich einfach nicht.

Alles in allem bin ich etwas müde. Na ja, wie immer. Kein Mann für Träume. Mich fordern andere Dinge. Im Grunde ist es mir egal, ob ich bei Janett Erfolg habe oder nicht. Vielleicht ist es mir deshalb egal, weil ich zur Zeit bei ihr offensichtlich Erfolg habe. Aber was ich mache, muss stehen.

Eine Welt allein ist keine Welt.

Man kommt immer wieder auf die Harmonien zweier Menschen zurück. Weil man das für das Optimale hält. Es ist der Traum aller Menschen, der nicht immer erfüllbare. Der traurig glücklich machende. Treue Herzen sind Rock 'n Roll der fünfziger Jahre. Ohne Gefahr zu laufen, uninteressant zu werden. Manche Aussagen bleiben Jahrtausende bestehen. Es gibt Dinge, die die Zeit nicht ändert. Das geht zurück auf die Urtriebkräfte. Nur die Zeitungen sind schon am nächsten Tag uninteressant. Mir fällt auch nicht jeden Tag etwas Neues ein. Ich fühle mich aber nicht verklemmt. Höchstens etwas blass. Ich nehme es schwer mit der Harmonie. Sie ist mir fast fremd. Obwohl ich sie träumen kann. Das heißt, ich kann sie mir vorstellen. Besonders, wenn ich besoffen bin. So wie ich sie mir vorstelle, finde ich sie toll. Was mir aber bleibt, ist nur beschriebenes Papier. Ein ganz schöner Packen Selbstbekenntnisse. Mein größter Feind bin wohl ich. Der Grund, weswegen sich bisher niemand in mich richtig verliebt hat, muss ja bei mir liegen. Ich habe den Blues geschluckt. Vielleicht sogar verschluckt. Das macht mich eben so sentimental. Ich weiß, was ich weiß. Meine Jugend gibt mir Wissen. Mein Wissen gibt mir Vernunft. Kein Tag kehrt zurück. Das wissen selbst die Tiere. Wenn sie sich zerreißen. Oder sich dagegen wehren, zerrissen zu werden. Und somit die Chance auf einen nächsten Tag. Seien wir doch einfach mal ehrlich. Ich beschließe, den Fuß auf die Steine des Hafens setzend, von diesem Augenblick an nur noch so zu sprechen, wie ich denke: in Rätseln. Furchtbar ist: Es sollte mir wohl gelingen.

Der Tag nach dem Tag

Janett ist bei mir. Wir trinken Wein. Einen polnischen. Weiß-rot gemischt. Wir haben beschlossen, nie mehr arbeiten zu gehen. Nie mehr und nie mehr und nie mehr. Nie mehr dorthin, wo wir uns fanden. Wo wir glaubten, uns gefunden zu haben. Gefunden haben wir uns erst auf der Insel. Die Straßen sind glatt wie abgeschuppte Fische. Glitschig wie die Menschen, die darauf laufen. In roten und schwarzen Roben. Die Schwänze steil geil vor sich herschiebend. Janett hat sich eine Sonnenbrille aufgesetzt. Um die blöde Nacktheit der unverhüllten Menschheit dort unten auf der Straße nicht sehen zu müssen.

Und da unten laufen die Richter. Nackte Richter. Richter mit Roben. Mit roten oder schwarzen Roben. Da unten laufen die Menschen dorthin, wo sie glauben, gebraucht zu werden. Wo sie Richter spielen können. Nackt oder mit Roben. Mit roten oder schwarzen Roben. Dorthin laufen sie, wo sie Lotterie spielen können. Lotterie mit ihren Opfern. Die nackt vor ihnen stehen oder sitzen. Oder mit Roben. Mit roten oder schwarzen Roben. Wie die Richter. Die Opfer der Richter sehen genauso aus wie die Richter. Ab und zu wechseln sie die Positionen. Die Richter spielen solange Lotterie mit ihren Opfern, den Richtern, bis der Ofen aus ist. Alle fahren da unten einen Einheitskurs ohne Tempolimit. Janett richtet ihre, unsere, Laserkanone auf sie, doch die verfehlt ihre Wirkung. Schön dosiert sind ihre Schläge, ihre Schüsse, aber eben wirkungslos. Das macht wohl ihre Sonnenbrille. Was sonst.

„Wer an sich selber zweifelt, ist nur krank“, sage ich zu Janett, und sie lacht.

Wir haben uns eingeschlossen, verriegelt ist die Tür. Wir haben uns verbarrikadiert wie die Revolutionäre. No work – just fun. Laserkanonen auf Richter, klein wie Spatzen.

„Ja“, sage ich, „wir machen gute Werbung für uns.“

Janetts Brillengläser funkeln frech. Wir machen Aktion, sagen sie. Wir, getarnt als Laserkanonen.

Wir schlafen miteinander. Alle halbe Stunde. Ob wir was essen wollen, fragt mich Janett.

„Nein“, sage ich, „Auch das verweigern wir. Wir verweigern jeglichen Konsum.“

Da steht Janett auf, und dreht den Wasserhahn ab.

„Trinken auch nicht“, sagt sie.

„Weiß nicht“, sage ich und bekomme Durst.

Sie stellt den Wasserhahn wieder an.

„Von wegen total.“

Sie lässt Wasser ins Waschbecken laufen und stellt mehrere Gläser Wein hinein.

„Reicht das?", fragt sie.

„Weiß nicht", sage ich. „Kann sein."

„Wir tanken Seele auf", sage ich.

„Seele auftanken heißt Vernunft einschränken", sagt sie.

„Angst verdrängen ist nicht Mut", sage ich.

Sie atmet erleichtert auf.

„Eher kann man Angst einzugestehen, mutig nennen."

Sie lässt sich fallen. Aufs Bett.

„Der Effekt ist doch ein menschlicher."

Alle halbe Stunde. Während die Richter unten entlanglaufen. Nackt oder mit roten Roben oder mit schwarzen Roben. Das ist eigentlich so etwas von egal, solange wir unsere Laserkanone bei uns tragen. Und die funkelt und funkelt und funkelt.

Niemand kennt uns. Niemand hat uns je gekannt. Janett hat die Klingel abgestellt. Mein Gedächtnis hat nachgelassen. Kann uns aber doch eh jeder hören, wenn wir unsere Wut auf die Welt ineinanderfließen lassen. Jeder ist so frei, wie er sich fühlt. Uns tragen von nun an unsere Träume. Unsere Worte in Form von Rätseln. Rätsel haben Tradition. Wir sind tagtäglich munter und uns selbst verbunden. Mehr Kinder als alles andere. Die Welt macht Spaß. Scheiß auf Politik.

„Lass das Radio aus“, sage ich. „Wir leben unser Leben, indem wir es schreiben. Und wir schreiben es auf. Tag für Tag.“

Ich diktiere und Janett wird schreiben. Ihr fehlen die Worte, so sagt sie. Mir auch. Doch ich gebe es nicht zu. Jetzt will ich alle Fata Morganas vergegenständlichen, indem ich sie aufschreibe, aufschreiben lasse von Janetts gieriger Hand, gierig nach Geschichtenschreiben, gierig nach den unreinen Poren meiner hügeligen Haut. Unsere Blässe schwindet. Das Beste, was sie tun kann. Wir sind verliebt. In uns. Das dürfte reichen. Für eine kleine Rebellion. Für diese kleine Rebellion. Für unsere kleine Rebellion. Für die Verweigerung. Kein Ende mehr, und niemals mehr ein Ende. Nur ab und zu ein Schluss. Wenn uns jemand dazwischenquakt. Der Nachbar aus dem Fenster gegenüber, oder ist er eine Frau, betrunken, ebenfalls sich den ungeschriebenen Gesetzen des Lebens verweigernd. Doch der, die, merkt nix. Weiß nicht, warum, wieso, weshalb und so weiter. Ist nicht gebildet, wenn, dann nur eingebildet. Aber sicherlich nicht einmal das. Bemerkt nicht die Nackten, die Richter, die in den roten und schwarzen Roben. Bemerkt nicht unsere Laserkanone, unsere Schreie, bemerkt nicht, was wir alles so aufschreiben, haha. Ist vielleicht auch stolz, das Uns-am-Fenster-Gegenüber, das namenlose Gegenüber. Oder nachdenklich auch. Verloren, betrunken, rufend. Zu wem? Verlorener Liebe nachrufend, längst um alle Ecken dieser Welt entschwunden. Wonach sonst?

„Um Liebe geht es eigentlich immer“, sagt Janett.

„Schreib das auf“, sage ich. „Und sag, dass er von dir war, dieser Satz.“

Von wegen keine Worte. O Gott, da ist etwas stärker als alle Worte. O Gott, wie wild wir sind! Mit anderen Dingen wollen wir nichts mehr zu tun haben. Mit anderen Dingen haben wir nichts mehr zu tun. Oder wenn, dann nur annähernd.

Da steht es. Bei Marx. Wissen solle Macht sein. Wer hat das gleich gesagt? Vergessen. Habe ich noch aus röteren Zeiten, das Buch. Aus der Zeit, als noch alle Richter nackt waren oder nur rote Roben trugen, keine schwarzen. Nur rote Roben, manchmal inwendig schwarz oder weiß.

„Wissen ist Macht. Das lehrte man uns einst. Das lehrten uns dieselben, die heute auch die schwarzen Roben tragen, glaub es mir, Janett.“

Sie glaubt es nicht. Sie weiß. Sie hat Macht. Ach nein. Hat sie nicht. Der Kult ist lange schon vorbei. Und wieder waren wir ganz schnell bieder. „Es spukt nichts mehr. Kein Gespenst. Kein „in Europa“. Kein „Kommu-was?“. Keine Visionen mehr. Die Kinderschrecks sind nun selbst verschreckt.“

„Schreib das auf, Janett, das ist gut.“

Aus der Traum von rotbäckigen Äpfeln am Baum, von Rot wie Blut oder so, von „Rot, ja rot sind alle meine Kleider". Jetzt brüllt der Bauch, nicht mehr der Kopf. Noch ungeschützt ist Winter in den Seelen. Und wir sind nicht reich geworden. An Äpfeln nicht, an Seele nicht. An Roben, ach was. An Macht, wohl nicht.

„Schreib das auf, Janett. Das ist mein Lieblingssatz. Schreib das auf. Schreib alles auf. Zwischen Orgasmus und Orgasmus, schreib das alles auf, Janett."

Ich sehe, wenn ich aus dem Fenster sehe, außer den Roben, den roten und schwarzen, außer den Nackten, nur grau.

„Schreib das auf. Das wissen wir. Das ist unsere Macht. Und grün sind alle Frösche. Und rot ist auch das Feuer. Und die Roten haben sich eingeschlossen, sich verbarrikadiert. So wie wir. Nur dass wir nicht die Roten sind, oder?"

Wir schreiben unser Aus auf. Und warten auf unser Comeback. Der Mist, der Alltag, das Leben, da draußen bleibt es das Gleiche. Wollten wir die Welt verändern? Wollten wir nicht. Nur uns verändern. Tag für Tag. Vom spitzen Schrei zum spitzen Schrei.

„Die Polarnacht, mein Kind, ist dunkel. Immer wieder kehrt sie wieder. Depressiv und schön. Ein Erlebnis. Wie Wissen. Wie große Gefühle. Wie neue Ideen. Wie Jesus' Heimkehr. Mit gekrümmten Schultern. Sein Leben hinter sich her schleifend. Die Sonne über sich. Sowie das Ozonloch. Neben sich Autos. Die Neo-Kultur. Die laute. Die bunte. Die stinkende. Alle tragen Messer. Alle tragen Namen. Alle laufen. Keiner weiß, wohin. Die Straßen kreuzen sich. Die Menschen kaum, selten. Sie würden es gern. Doch sie verhindern es. Verhindern sich. Als wäre es gefährlich, sich zu kreuzen. Sie lernen es wohl nicht mehr. Doch sie können ohne sich nicht sein. Schreib das alles auf, Janett. Schreib das auf. Da sieh, Mädchen. Die Narbe an meiner Hand juckt. Das Wetter wird sich ändern. Die Narbe an der Hand. Der Hund, weißt du, dem ich durch Streicheln meine kindliche Zuneigung bekunden wollte, biss mich. Aus Angst, sagte der Besitzer. Notwehr. Was für die Roben. Kann das sein, frage ich dich, dass ich einer bin, der zur Notwehr provoziert? Ach, meine Kindheit. Der erste Freund, weißt du, der erste wahre Freund, auch er ... Eine Robe, ein Nackter inzwischen. Schreib das auf, Janett, schreib das alles auf. Schreibst du auch alles auf?“

Janett sagt: „Ja.“

Und ich gebe mich beruhigt. Und ich lege eine Platte auf.

„Vinyl, Janett, das ist wichtig. Später werden die Menschen fragen, was das ist. Eine Reggaeplatte. Wie früher. Born in the G.D.R. Hat Mama für gesorgt. Hat mich auf die Straße, ins Leben geworfen. Gern war ich schwach.

Doch ich hielt durch. Ich war ein Kind meiner Zeit. Vielleicht sogar mehr als das. Ich zog los. Und dachte nicht daran, zu siegen. Ich wusste nicht, wo ich hingehöre. Wer wusste das schon damals. Öffnete sich doch kaum einer. Geld hatten wir nie so richtig. Doch wir hatten uns. Und keine schnellen Schlitten. Auch wenn wir sie gern gehabt hätten. Solche Todesspielzeuge. Wir waren Verlierer. Vom Staatsrat bis zum Asozialen. Und hatten keinen wirklichen Luxus. Keiner hatte den. Nur, wenn überhaupt, Scheinidyllen. Und wilde Schwestern hatten wir. Mutlosigkeit hatten wir. Viel Bier. Feldwege. Hoffnungslose Lieben. Rhetorische Kriege. Jeder Schritt gelenkt von Misstrauen und Angst vor der Staatssicherheit. Wir wussten sonst nicht viel von der Welt. Hatten unsere Lehrer. Schlaflose Nächte. Vorsichtige Gespräche. Und Zöpfe. Ein feines Gespür. Vor allem für Zwischentöne. Lust auf Zoff und Power. Manche auch auf Blut. Manche wiederum aufs Abitur. Die Studenten misstrauten nur sich selbst. Der Weise versteckte sich vor der Karriere. Und alle sich vor der Partei. Schreib das auf, Mädchen. Später werden sich alle fragen, woher die kamen, die sich verbarrikadierten unterm Dach."

Janett tauscht die Weingläser im Waschbecken gegen Flaschen aus.

„Wo hast du die her?", frage ich.

„Der ganze Keller ist voll davon.“, sagt sie, „Du musst das Zeug irgendwann gehortet haben.“

Ich winke ab.

„Geburtstagsgeschenke. Was sonst.“

„Und Konserven“, sagt Janett. „Jede Menge.“

Und sie fragt: „Müssen wir auch das verweigern, was wir schon haben?“

„Nein“, sage ich, lege ich fest. „Nein, das müssen wir nicht.“

Jäger und Sammler, Bauern und Fischer. Nun sind wir Krieger.

“Also nein. Schlemmen wir. Ich möchte sterben eines Tages.“

„Ich auch“, sagt Janett.

„Ich möchte sterben, wenn du in mir bist“, sagt Janett.

Meine Augen brennen.

Ich sage: „Wir haben nicht mehr viel Zeit.“

„Nein“, sagt Janett. „Aber dann wird es uns besser gehen.“

Irgendwann schlafe ich ein.

„Schreib das alles auf“, flüstere ich noch heiser im Traum.

Barrikade ist ein sehr traditionsreiches Spiel oder Die Einführung der wörtlichen Rede

„Weißt du was", sage ich zu Janett, die noch halb schläft, „Ich habe es gelesen, was du geschrieben hast, habe alles gelesen und ein Problem."

Janett fühlt nach.

„Wo denn?", fragt sie.

„So mit dem Lesen", lache ich. „Wir müssen die wörtliche Rede einführen."

Janetts Augen werden groß.

„Zurück zur Tradition?", fragt sie wütend. „Niemals!", ruft sie.

„Doch, doch. Müssen wir. Ich sehe manchmal nicht ganz durch. Ist eh schon alles wirr, aber Gedanken und Freiheit und Barrikade, du weißt."

„Barrikade eben", ruft sie, nicht ganz so laut wie vorher. „Wir brechen die Traditionen."

„Aber", sage ich ruhig, „Barrikade ist ein sehr traditionsreiches Spiel. Und", sage ich, „ich bin mir sicher, irgendwo gelesen zu haben, dass viele Menschen ihr Leben lassen mussten, um die wörtliche Rede einzuführen."

Janett überlegt. Lange.

„Wirklich?", fragt sie.

„Ich bin mir absolut sicher, dass die wörtliche Rede eine revolutionäre Errungenschaft ist."

Janett nickt. Langsam, bedächtig.

„Okay", sagt sie.

„Von nun an eben wörtliche Rede"

„Von nun an eben wörtliche Rede", sagt Janett.

„Der Tag kann beginnen", sage ich.

„Aber", sagt Janett. „meist hältst du doch bloß Monologe."

Ich lache, weil ich nichts zu entgegnen weiß.

Irgendwann, Janett sieht schon neugierig aus dem Fenster, bis sie Weindurst bekommt, gebe ich ihr recht. Janett geht in die Küche, holt Wein und füllt sie in die beiden Gläser, die auf dem Teppich stehen. Wir wissen beide nicht mehr, wem welches Glas gehört. Längst hat sich unser Blut, haben sich all unsere Krankheiten, falls wir welche haben, vermischt. Wir trinken.

„Draußen ist keine Polizei", murmelt Janett nach dem ersten Schluck. „Ich glaube, die merken nicht, dass wir nicht mehr da sind. Verstehst du. Die Gesellschaft vermisst uns nicht."

„Die Gesellschaft vermisst im Grunde niemanden. Nur wenn sie sich aufgelöst hat, weil keiner mehr da ist, der sie mit Inhalt füllt, vermisst sie sich selber."

Ich trinke schnell den Wein aus. Janett gießt nach.

„Und nun dein Monolog, Großer."

Ihre Augen spreizen sich wie Pfauenfedern mit ihrer Pupille, dem Weißen darum, und der Haut, den Falten, die Teil der Augen sind, Teil des Ganzen, Teil des Körpers, den vollends auszufüllen ich nie imstande sein werde. Sie holt sich ihr Heft und den Stift, blau verschmiert schon vom Schreiben mit zwei überhitzten Fingern, die rot schon vom vielen Schreiben, rot auch von einigen anderen Dingen sind. Vielleicht auch vom Wein? Vielleicht auch vom Wein.

Ich rede, ohne mir vorher etwas zurechtgelegt zu haben. Der schwierigste und schönste Teil meines neuen, meines besseren, meines endgültigen, meines, unseres letzten Lebens.

„Abgesehen davon, dass ich trinke wie ein Erwachsener, aber das tun ja auch Kinder ..."

Ich weiß nicht weiter. Janett tut genervt.

„Du musst auch richtige Sätze sagen, wenn das was werden soll mit der blöden wörtlichen Rede und so. Wörtliche Rede ist unheimlich anstrengend, du Knilch."

„Wenn man sie spricht oder schreibt?", frage ich, süchtig auf alle Antworten, die das Leben zu bieten hat.

„Allein schon, wenn man sie denkt.", sagt Janett und lässt ihren Kleine-Frau-Blick um meine Nase kreisen.

„Okay." Ich räuspere mich. Ja, sie hat recht. Allein schon, wenn man sie denkt. „Abgesehen davon also, dass ich wie ein Erwachsener trinke, was aber auch Kinder tun ... Scheiße. Satzende. Weiter. Eine Kindereigenschaft von mir ist, dass ich nix mehr vertrage."

Janett kichert. Ich lasse mich nicht beirren.

„Will ich auch nicht. Brauche ich auch nicht. Warum bin ich so fröhlich? Ich glaube nach wie vor, dass wir der entscheidendste Teil einer verlorenen Generation sind. Wir haben unser Land verloren und, ob nun davor oder danach, ist völlig egal, irgendwann uns selber. Und jetzt bemühen wir uns zusehends, uns eine neue, meist eine uns gar nicht ähnliche, Identität zuzulegen. Ja, ein neues Land zu finden. Was tun wir? Wir erlernen Berufe, wir begehren Liebe, Freunde, mit denen wir uns die Nächte bei Bier und Wein vertreiben. Angst haben wir auch. Aber wir wollen das nicht mehr verleugnen. Es ist uns egal geworden, worum sich die linken und rechten Idioten streiten. Wir sind weise. Und selbst ein nationalsozialistischer Staat würde uns nicht daran hindern, verächtlich zu lächeln. Wir wissen doch alles. Könige gähnen, Kanzler fressen, wir masturbieren oder beschlafen, aber meistens saufen wir. Leer und müde, kichernd wie die Weiber. Wir können nichts mehr tun. Wir wollen es nicht."

Janett ist nachdenklich geworden beim Schreiben.

Sie trinkt ihr Glas Wein bis auf einen kleinen Korkrest leer, und sagt dann leise und langsam, als würde sie Perlen aus ihrem Mund klicken lassen: „Viel Platz für Freunde, für Feste, für Blumen: eine Wohnung. Ich bin frei. Zwar fast verheiratet, aber nur fast. Und heiraten werde ich nicht. Überhaupt ist eine eigene Wohnung eine Teileinführung in die komplette soziale Integration. Warum bin ich so fröhlich?"

„Wo hast du denn das gelesen?", frage ich begeistert.

„Nirgendwo", sagt Janett überrascht. „Vielleicht mal in Staatsbürgerkunde oder so?"

„Blödsinn."

Stille. Janett lässt sie platzen, zerstört sie mit einem feinen Hauch: „Es hat keinen Sinn, auf etwas zu warten, was sowieso schon längst da ist. Oder?"

„Wo man singt, da lass dich nicht gleich nieder: Auch böse Menschen kennen tolle Lieder", murmle ich, mir sofort meines Zynismus bewusst werdend.

Janett kriecht zu mir herüber.

„Du bist also ein böser Mensch", sagt sie mit verlangendem Blick.

„Ach was", lache ich. „Ich kann doch gar nicht singen."

Janett robbt noch näher. „Singen nicht, aber ..."

Ein kurzes Taumeln. Eine neue Neurose. Ein seriöses Lächeln. Ein trauriger Blick. Ein offenes Wort. Ein gesunder Schlaf. Vor allen Dingen: sich nicht von den eigenen Gedanken mürbe machen lassen. Skandale produzieren andere genügend. Da ist unsere Flucht in einer Welt, in der alle auf der Flucht sind, schon lange kein Skandal mehr. Diese Welt ist voll von ihren kleinen und großen Skandalen. Voll von müden und heiteren Lügen. Tränen der Wut könnten einen überkommen. Da bin ich weniger Mann. Die Dinge sind gängig da draußen in der Welt, da draußen auf der Flucht. Das Schlimmste wird in diesem Land immerhin noch verhütet und abgetrieben. Das Allerschlimmste aber lauert uns noch auf, es hat uns noch nicht berührt, kein Leben hat uns schon spürbar gestreift. Das ist unsichtbar. In uns, um uns, bei uns. Allgegenwärtig. Bereit, um jede Gegenwehr abzuwehren. Und es kann beißen. Während wir auf unsere nichtige Freiheit achten, achtet es unser. Es will uns ja nicht schlagen. Nur ein bisschen treten will es uns. Eines Tages. Unverhofft. Wir warten. Vielleicht auf das Allerschlimmste. Ja, wir haben uns zurückgezogen, verbarrikadiert. Aber wollen wir nicht trotzdem gesehen werden? Und wir reden doch schon viel zu viel. Sicherlich nur mit uns. Aber wäre die Vorstellung so unangenehm, dass auch andere unsere Worte hören könnten? Und wenn es die Nachbarn nur wären, die unerkannten, unbekannten. So werden wir leben, lieben, hoffen. Bis wir aussterben. Oder am Ende doch auswandern. Mit leichten Körpern dann auf wilden Pferden oder so. Nur keine Metropolen. Wir lieben beide die Hauptstädte nicht mehr, nach denen wir uns einst so sehr gesehnt haben, deren Namen wir uns einst zuriefen, um unserem Fernweh Ausdruck zu verleihen. Jetzt sehnen wir uns nur noch nach fernen Ländern, aber nach deren Hauptstädten nicht mehr. Weil dort die Mafiosi regieren. An die wir nicht glauben. Da wir sie schwach wähnen. Und selber aber nichts als stark sein wollen. Bessere Karten haben wollen. Alles besser wissen wollen. Sicher mögen wir auch die Tage nicht. Ich predige seit Stunden, die Vorhänge doch lieber zuzuziehen, aber Janett will unbedingt immer wieder wissen, ob die Polizei nun kommt oder nicht. Wir haben doch die Ruder so oder so nicht selbst in der Hand. Und keine wirklichen Ziele. So wie die Sozialisten einst. Und haben nichts zu tun. Und hätten auch nichts zu tun gehabt, wenn wir uns nicht zurückgezogen hätten. Die Kündigung liegt sicherlich schon längst im Briefkasten. Wir sollten es vielleicht dabei belassen, uns selbst ein bisschen Stimmung zu machen. Uns ein bisschen einbilden, wir würden die Obrigkeit verärgern. Bis sie uns in Form der Polizei, an deren Erscheinen ich im Gegensatz zu Janett nicht glauben mag, einen Maulkorb verpasst. Was ihr wiederum teuer zu stehen kommen könnte. Uns auch. Uns auch. Zumindest könnte es für beide Seiten peinlich werden. Eigentlich geht es uns schon beschissen, weil keiner nach uns fragt. Wir suchen Liebe in der Nacht und doch nur andere

Menschen. Niemand aber würde uns die Liebe so geben können, wie wir sie uns vorstellen.

Ich schüttle den Kopf.

„Was ist denn los?“, fragt Janett, ihr Spiel mit meinem lauen Körper unterbrechend.

„Ich glaube nicht wirklich daran, dass ich mich getäuscht habe.“, antwortet ein Fremder für mich. „Ich kenne den Namen des Menschen, den ich vor dem Fallen bewahren kann. Nur weiß ich nicht, ob ich das bin, was einen halten kann.“

„Meinst du mich?“, flüstert Janett erschrocken und ich weiß, jetzt sehe ich plötzlich ganz anders aus. Wie ein Polizist. Wie ein kalter Engel. Wie ein Politiker. Wie ein Reicher. Wie ein Mächtiger. Was außer ihr keiner weiter sehen kann. Und auch keiner außer ihr beachtet hätte. Allmählich wird mein Gesicht wieder gelblicher. Als wäre ich zerfressen von Neid. Von Neid auf all die anderen da draußen und ihre Flucht.

„Kein Grund“, sage ich, „traurig zu sein. Melancholische Lieder zu singen. Kein Genius ist übergreifend. Er setzt sich nur fort.“

„Ich habe Angst“, sagt Janett. „Angst, du könntest mich verlassen. Jetzt oder später, bald.“

„Mag sein, jeder benötigt solch einen Platz, solch eine Barrikade, nur um sich dann wieder abzuseilen, um sich wieder zu entfernen. Auch von sich selber. Die Mühe, sich solch einen Platz wie diesen zu suchen, macht man sich aber wohl erst, wenn er dringend benötigt wird. Manche gehen dann aus Versehen in den Freitod. Einsame Plätze braucht das Wesen Mensch, weg vom Lauten, weg vom hinter sich gelassenen Selbst. Hoffnung atmend, andere Häute streifend, sich fallen lassend in etwas, was sich nie ganz beschreiben lässt."

„Aber du bleibst mir doch?"

Tränen machen Janetts Blick zu dem verschwommenen eines Blinden.

„Du wirst mir doch bleiben, oder?"

Ermüdend sind Versprechungen, ja gar Bedrohungen, damit es einem anderen wieder gutgeht. Eine Schlammschlacht wird ausgetragen werden irgendwann und das Ende, obwohl vielleicht sogar schon absehbar, wird für keinen befriedigend sein. Warum auch? Nach gewissen Gesetzmäßigkeiten wird dann das Leben träge weiterfließen, ohne dass auch nur einer das Bedürfnis hat nachzufragen, ob das noch ein Leben ist. Die tanzenden Elfen über den Bächen kichern ja auch nur, wenn sie beobachtet werden. Aber was, wenn man, so wie wir jetzt, nicht mehr beobachtet wird oder wenn man sich mutwillig jeder Beobachtung entzieht, weil man scheinbar nicht anders sein kann? Es gibt so viele Möglichkeiten für ein Ende, mag man denken, aber keine, nie eine für einen Anfang.

„Man packe die Schlange immer am Kopf.", flüstert Janett jetzt heiser, mit einem Tonfall, als würde sie etwas zitieren. „Sonst kann sie ihr Gift nicht in den Körper schmuggeln. Sie ist ihrem Seelenleben treu. Wer ist das nicht? Wir wollen uns nur selten daran erinnern. Wie kämen wir denn auch dazu? Sie sind verloren, unsere Seelen. Es ist, als würde sich nie mehr etwas bewegen. Und kein Prinz mehr, der unbeholfen neugierig auf diese Erde kommt."

Das ist wohl mein Stichwort. Zeit zu schweigen. Zeit zu reden. Der letzte Zug ist abgefahren. Die erste Granate ist eingeschlagen. Ein Lied wird angestimmt. Und eins und zwei und drei und vier. Ein Bild wird zertrümmert.

„Die Menschen sind schlecht.", sage ich lallend.

„Es wird Zeit, zu gehen.", sagt die Frau neben mir.

Doch ich bleibe faul sitzen. Ich tue so, als machte ich einen Plan. Als malte ich mir irgendetwas aus. Irgendwelche Bilder. Vielleicht etwas Surreales. Herausgedacht aus meiner Zwergenrolle. Hineingedacht ins nicht Erreichbare.

„Wir könnten vielleicht eine Bombe basteln."

Janett schüttelt den Kopf. Langsam, wie in Zeitlupe. Ohne zu lächeln.

„Nicht immer diese Bilder", versuche ich der Lethargie einen tödlichen Stoß zu versetzen. Vielleicht, denke ich, sollte ich eine andere Frau lieben. Was weiß ich denn!

„Wir wissen doch beide, dass wir nicht ewig hier sitzenbleiben können. Liebend, schwatzend, schreibend, schlafend. Beschissen wird man ohnehin und ich weiß nicht, wie weit man sich selber in diesen Beschiss einbringt, wissentlich oder unbewusst, und inwieweit man selber andere bescheißt. In dieser herrlichen Gesellschaft wäre es doch nicht verwunderlich, wenn es tatsächlich, und zwar bewusst, jeder mit jedem tut. Allerdings wäre da wieder eine ausgleichende Gerechtigkeit hergestellt."

Janetts Augen sind nun endgültig verschleiert.

„Und was hat das alles mit uns zu tun?"

„Vielleicht nur soviel, dass auch blödsinnige Naivität bestraft werden sollte. Das soziale Aus hängt wie ein Damoklesschwert über uns allen. Und über uns besonders. Ob nun mit oder ohne Polizei."

„Warum denn dann", fragt Janett mit einer Klugheit, die nur aus der Verzweiflung geboren werden kann, „das todbringende Bedürfnis auf einmal bei dir, dich daran zu klammern und dich hochzuziehen? Verstehe ich nicht."

Ich nicke.

„Ich verstehe es ja auch nicht."

Janett lächelt.

„Soll ich das auch aufschreiben?"

„Ja, schreib das auf. Schreib alles auf."

„Warum denn nun die Krise?“, will Janett wissen.

„Wir sind stumm.“, sage ich. „Unsere Laserkanonen sind schweigende Waffen. Aber sich wehren heißt wohl nicht schweigen.“

„Das ist klar.“

„Wenn jeder das herausschreien würde, was ihm auf der Zunge, im Herzen liegt, wir hätten weniger Psychosen und Neurosen. Wir hätten mehr Luft zum Atmen, vielleicht nicht nur als Sinnbild. Wir hätten weniger Angst, etwas Falsches zu sagen, denn auch Irrtümer berechtigen zum Menschsein, gerade die. Wir hätten weniger Feigheiten, Ungerechtigkeiten, Hass durch uns selber zu erleiden. Wir hätten weniger Identitätskrisen und, nicht zu vergessen, dann weniger Magengeschwüre und jedwede andere Geschwüre und Geschwulste. Wir hätten vielleicht, vielleicht weniger sexuelle Perviertheit in unsere Phantasie gelegt. Unsere Lieben wären fähiger zu überleben, unsere Finger wären zärtlicher, überhaupt, wir wären entspannter, natürlicher, degenerierter.“

„Ach Scheiße. Hau doch die Leute kaputt. Why not?“

„Ich bin überzeugt, wir werden doch eines Tages unsere eigene Scheiße fressen, bloß weil wir zu blöde sind, das Maul aufzumachen oder das Maulaufmachen von anderen zu akzeptieren, auch wenn es uns nicht schmeichelt.“

Janett fröstelt. Sie zieht ihre Schultern zusammen, legt sich auf den Rücken, kreuzt ihre Arme über der Brust und atmet tief durch. Dann beginnt sie zu reden, nicht zu schreiben, zu reden.

„Ich erinnere mich", beginnt sie im Tonfall eines Rosenkranzgebetes, „an recht viele und recht intensiv durchsoffene Nächte. Irgendwann schlief ich meistens ein und war am nächsten Tag nicht wirklich ich. Aber wer weiß, wann man das schon mal ist."

Sie sieht mich lange fragend und auffordernd an, bevor sie weiterspricht, denn mein Blick hat sich fest in die Wand gegenüber gebohrt.

„So richtig komme ich wohl nie los vom Alkohol. Allerdings habe ich nicht das Gefühl, dass er mich vernichtet. Es wäre auch lächerlich, das anzunehmen. Wenn, dann macht man sich schon selbst kaputt. Und dazu bedarf es nicht unbedingt des Alkohols, der nebenbei auch noch Geld kostet. Ich bin vordergründig sexuell orientiert, also kann ich ohnehin nicht allzu viel trinken. Depressionen. Ach, was soll´s. Die Tauben gurren, das Feuer prasselt im Ofen. Das Leben schmeckt mir. Es ist bitter, okay. Aber ein anderes habe ich nicht, vermute ich. Also würze ich mir alles ein wenig zurecht."

Sie lacht.

„Ich bin eine ekelhafte Genießerin."

Das Lachen erstirbt. Sie nimmt eine Weinflasche, fast noch voll, und trinkt sie mit gierigen Zügen aus. Wie von ferne durchbricht meine Stimme dieses glucksende Geräusch.

„Die Paranoia hat sich an uns geklammert. Wir lassen kleine Tode sterben, um sie selber eines Tages sterben zu müssen. Immer wieder die Frage: Wozu das alles? Und wenn man etwas am Leben lässt? Immer wieder die Frage: Wozu das alles? Ich habe mich geschlachtet, mich geopfert, und der Gott lässt keinen Abend werden, sagt man sich, mit gefalteten Händen, und man wird so hoffnungslos angesichts seiner eigenen Hoffnungslosigkeit, bis man auch den letzten Hoffnungsträger vernichtet, weil alles andere sich nicht mehr rechnet. Wie weit sind wir gefahren, fragte der blinde Passagier, bevor er über Bord ging."

Stille.

„Und die blinden Passagiere, das sind nun wir."

Meine verschiedenen Blicke reißen sich, wie von einer Zange gezogen, aus der Wand gegenüber heraus, und wenden sich Janett zu. Sie gleichen ihren verschiedenen Blicken, tausend in einem, fragend und auffordernd zugleich. Sie sagt nichts, bewegt sich nicht, schweigt, liegt da, regungslos, bleich wie eine Gestorbene, alt und grau der Mund, zitternd bläulich die Augen, dürr ihr Körper, flach ihre Brüste. Nur ihre Hand kämpft angestrengt mit ihrem Schamhaar unter dem Schlüpfer. Ich trinke einen Schluck Wein aus irgendeinem Glas. Mir ist übel. Doch mir fehlt die Kraft aufzustehen. Einmal und endgültig aufzustehen.

Die Trennung

Irgendwann. Plötzlich. Irgendwann plötzlich fühle ich mich in der Lage, aus dem Nichts heraus eine ungestellte Frage zu beantworten. Gedanken, Träume, Revolutionen haben wir genug versäumt. Lass fallen, wer da fallen will, und top! – das gilt. Vielleicht aber wussten wir es schon immer. Mein Name sei Jesus Christus, mein Name sei Cäsar, mein Name sei Hiob, mein Name sei Artus, Sohn des Uther, mein Name sei Donald Duck, mein Name sei Spartakus, mein Name sei Adolf Hitler, mein Name sei Gott.

Ich weiß nicht, wie schnell ich gegangen bin. Irgendwann. Plötzlich. Irgendwann plötzlich fiel mir Jesus Christus wieder ein, der uns im Busch beobachtet hat wie Gott einst Moses beobachtete, bevor er ihn zu sich rief. Ich wusste irgendwann plötzlich, dass ich ihn suchen musste, den heiligen Voyeur im Busch, um ihn zu warnen. Um ihn davor zu warnen, dass er Gott etwas Falsches verrät, einen Irrtum petzt, ohne ihn selbst als Irrtum gesehen zu haben. Warte, Gekreuzigter im Dornbusch, warte, du hast zu zeitig für mich entschieden. Warte, bis ich dir erklären kann. Ich bin berufen, berufen, berufen, hallen meine Schritte. Die Frau, Janett mit Namen, mit der du mich gesehen, liegt in meiner Wohnung, in meiner von mir für immer verlassenen ehemaligen Behausung, als wäre sie tot. Sie wird dort bleiben. Sie ist tot.

Irgendwann plötzlich. Irgendwann. Plötzlich. Ich bin berufen, berufen, berufen, klappert die Straße unter mir. Sie hat mich wieder, du Jesus Christus, die Straße. Ich bin auf dem Wege, du, auf der Straße. Unsere Mütter haben uns verloren, du, irgendwann, plötzlich, irgendwann plötzlich auf der Straße. Unsere Frauen haben uns noch nicht gefunden, du, auf der Straße. Irgendwann. Plötzlich. Irgendwann plötzlich sind wir die Clowns, du, auf der Straße. Irgendwann plötzlich, du, auf der Straße, sprechen wir uns schuldig, du, auf der Straße. Irgendwann. Plötzlich. Irgendwann plötzlich werden wir uns gegenüberstehen, du, auf der Straße, du, und uns in die Augen sehen, du, auf der Straße. Irgendwann plötzlich. Inmitten all der roten Roben. Inmitten all der schwarzen Roben. Inmitten all der Nackten, du, werden wir uns erkennen, du, auf der Straße, du, irgendwann, du Jesus Christus, plötzlich, du, auf der Straße, du. Irgendwann. Plötzlich.

Auf der Straße

Wir wandeln uns täglich. Wir schießen täglich um uns. Da wir einsam sind. Und schäbig aussehen. Schreib das auf, Janett, gestorbenes Wunder des Orgasmus, schreib das alles auf. Und schäbig sehen wir aus. Wir sind die Straße. Straßen werden niemals Erster Klasse fahren. Nicht einmal Zweiter. Und geschwätzig sind wir geworden, alter Jesus Christus du, furchtbar geschwätzig.

Wir wollen reich werden und fett. Und trotzdem unbefleckt von Blut bleiben. Obwohl wir auch bunt aussehen wollen, nicht so grau wie wir sind, nicht so grau wie wir aussehen. Anschauenswert wollen wir sein, nicht nur Zweckbauten, betretene, befahrene. Glitzern wollen wir in der Morgensonne. In der Mittagssonne. In der Abendsonne. Selbst bei Regen. Glitzern, leuchten wie Korallen, noch gesunde, tief im Meer. Wir wissen schon von uns. Nun sollen auch andere von uns wissen, von uns erfahren. Das wird nicht einfach sein für sie, nicht einfach, nicht einfach. Da die, die uns erfahren, so wie wir sind, wir edlen Straßen dieser Erde, uns niemals wiedersehen, sich niemals wiedersehen. Niemals etwas wiedersehen. Unser Glück ist unteilbar für die, die es erfahren haben. So unteilbar, dass sie es gerne für sich behalten möchten, und nicht mehr in ihre Welt zurückkehren, um ihre Erfahrungen, um ihr Wissen, um ihr Straßesein mitzuteilen, abzugeben.

Allein

Die Suche nach dem Märchen. Das Schauen nach den Sternen. Das Wiegen in den Feldern. Das leise Aufflackern einer Liebe. Die Lust, alles zu versuchen. Allein. Und immer wieder diese kleinen unnennbaren Ängste. Und jede dieser Ängste verlangt Pflege. Jede dieser Ängste hat Angst, allein zu sein. Allein. Jede dieser Ängste braucht auch ihre Sonne. Jede dieser Ängste braucht auch ihre Helligkeit. Jede dieser Ängste hat Angst vor der Einsamkeit. Allein. Jede dieser Ängste hat ihre Sehnsüchte. Jede dieser Ängste will mächtig sein und stark. Jede dieser Ängste möchte ausschlafen können und blitzschnell wieder erwachen wie ein lauernder Hund. Allein. Aber all diese Ängste sind Menschen, Menschen, Menschen. Auch Menschen. Vor allem Menschen. Menschen, die ängstlich ihr geschäftiges Treiben vergessen haben und sei es auch nur für einen Moment. Allein. Ängste. Blumenblüten. Ängste. Augenblüten. Ängste. Und eine flüchtige Flucht vor sich selber, der Angst vor der Angst. Allein. Ängste machen stark. Ängste sind Starkmacher, Mutmacher, Antreiber. Sie sind Mütter. Sie gebären. Gebären das Lachen einer neuen Phantasie. Gebären, Kreisläufe durchbrechend, Gedanken

Gedanken Gedanken. Allein. Gebären neuen Mut. Ängste sind rosenfarben. Allein. Endlich allein. Die Straße ist gegangen, ihrem nie erreichbarem Ziele zu. Allein. Allein mit meinen einsamen ängstlichen Ängsten. Allein. Keine aufwendigen Lernprozesse mehr. Schreib das, ach was, die ist am Wein erstickt, an der Sucht nach Leben, nach Körper, nach Tod. Nichts mehr, was mir verordnet werden kann. Ich weiß nichts außer dem, was ich gerade fühle. Was aber soll mir Wissen über nichts? Was soll das Wissen über meine Ängste? Was sollte einst Pünktlichkeit? Was sollte einst gutes Aussehen? Was sollte einst Besitz? Besitz ohne Freude. Langeweile. Fades Dahinschweben. Still-sanfter Tod Tag für Tag. Bis zum hündischen Herzversagen. Ohne jedweden Gefühlsstress. Abgestumpft. Von Teufel und Pest umgeben, blind auf allen Augen. Und auf ewig unwissend allein. Doch sich ja nicht rächen wollen. Rächen wollen, wie Janett es wollte. Sich höchstens kaufen lassen. Und andere von anderen jagen lassen. Jagen lassen durch Wind und Wetter. Jagen lassen durch belegte Brote. Allein. Allein bin ich nun. Fort Janett. Fort die Roben. Fort die Straße. Fort auch die Ängste. Wann also kommt der Friede? Wann kommt er, ohne Verluste und Tote zu erzeugen? Wann kommt der Friede? Ich warte. Wann kommt er denn nun, ohne ein Geschäft zu werden? Wann? Warum kommt er nicht? Warum mag er nicht kommen, der

Friede? Wer mag ihn wohl storniert haben? Alles wandelt sich. Alles ist im Wandel nach wie vor. Selbst wenn ich allein bin. Je nach Goldgewicht. Je nach Goldpreis. Doch der stürzt. Da kann ich noch so allein sein. Vielleicht sollte ich die Zeit nutzen und den Koran lesen. Meine Bücher habe ich mitgenommen. Meine Bücher. Meine Bücher. Meine Bücher. Anstelle all der vergessenen Alltagsregeln, die man mir einst eingab mit der Muttermilch, mit der Buttermilch, mit der Schulmilch, mit der Trockenmilch, mit dem Joghurt, mit dem Käse, mit dem Quark. Die sie mir reinpressten wie den Spinat in das verzerrte, schreiende Kindermündchen. Eisen. Eisen. Und dabei war alles nur Lüge. Dabei ging es ihnen gar nicht um mich. Dabei ging es nur darum, dass alle Kinder ihre Milchprodukte und ihren Spinat essen mussten und es keine Ausnahme geben durfte. So lernte ich all die Regeln. Die ich nun vergessen habe. Die mir von Anfang an gleichgültig waren. Weil ich denen, die sie mich lehrten, ebenso gleichgültig war. Ach, wären wir nur alle Philosophen. Denkend. Lesend. Wissend. Allein. Ich bin kein Philosoph.

Zweifel packt mich. Was werden jetzt all die anderen tun? Was mag mit ihnen sein? Vielleicht haben sie inzwischen eine neue Ideologie ausgeheckt und ich weiß nichts davon. Ich bin nicht dabei. Vielleicht haben sie sie auch endlich gefunden, die Ideologie, die uns alle wieder vereint. Einen Traum. Einen heißen. Dass wir uns nicht mehr schützen brauchen vor uns selbst, unserer eigenen Unzulänglichkeit. Dass wir nicht mehr bangen brauchen. Dass wir uns eher romantisieren können. Wieder, wie früher, Feldwege kreuzen und anderer Menschen Wege. Ohne uns zu einer Entscheidung zwingen zu müssen. War es früher wirklich so? Dass wir allen Gefahren ruhig ins Auge sehen können. Auch den Abschieden. Auch einem neuerlichen Holocaust. Dass wir keinen anderen mehr erschüttern brauchen. Dass wir nicht mehr so ignorant sein brauchen. Dass wir niemandem mehr drohen, uns nicht mehr zu drohen brauchen. Dass wir keine gemischte Gesellschaft mehr zu sein brauchen, die nur darauf wartet, aufgemischt zu werden. Dass wir nur noch eine einzige gesellschaftliche Nische sind. Ohne Eitelkeiten verleugnen zu müssen. Das klingt fast wie eine Ideologieangebotsmesse. Fehlt nur noch der Speck: der Selbstzweck. Ein himmlischer Selbstzweck. Mit materiellen Worten lässt sich da bestimmt leicht spekulieren. Lasst uns doch, würde ich verkündigen auf so einer Ideologieangebotsmesse, in die Berge ziehen. Lasst uns lernen, würde ich verkündigen, Zeit zu lieben, den Städten zu entfliehen, den großen und den kleinen Städten. Denn, würde ich verkündigen, hinter den Städten ist bestimmt etwas verborgen. Etwas anderes als Aggression. Eine andere Grundlage. Ein wahres Fröhlichsein. Millionenfaches wahres Fröhlichsein.

Jeder an jedermanns Seite. Jaja. Stark werden wir alle sein wie ein Hurrikan. Wir dürfen starten, fliegen, landen. Alles bewegen und vor allem uns selbst. Die Zeit wird jede Bedeutung verlieren. Die Nacht wird schreien, na und. Sie kann auch sanft locken. Wir wissen, wir könnten ihr nie wild genug sein, der Nacht. Kümmern wir uns, würde ich verkündigen, und verkümmern wir nicht. Wir haben nichts mehr zu verschenken. Werfen wir jegliche Unlust weg. Erhöhen wir uns. Jetzt laufen die Hits der Religionen, der Ideologien zur großen Parade auf. Bessere Felder werden beschreitbar sein. Gute Zeichen werden sich am und unterm Himmel versammeln. Unbestimmte Leute werden auf einmal versuchen, uns zu erobern. Es wird klingen wie Affengeschrei. Es wird unser Geschrei sein. Urwüchsig und unverständlich. Geschwätzig zugleich. Ähnlich dem Krakeelen derer, die uns einst unsere letzte Stimme nahmen. Noch, würde ich verkündigen, kommt euch das alles wie eine gedankliche Invasion vor. Wir hätten schon früher aufstehen sollen, höre ich schon die ersten sagen. Ach, werden die Zweifler hadern, sollen wir sie nun wirklich verlassen, unsere blaue Stadt? Diese lebendige blaue Stadt. Die uns so gut vor uns selbst behütet hat in den Zeiten, die wir selber Friedenszeiten nannten, obwohl wir wussten, dass der Krieg Jeder-gegen-jeden tobte. Und plötzlich, wenn es Stille geworden ist, wirft ein kleiner Junge Steinchen ins

Wasser. Und es werden Kreise sich im Wasser ausbreiten. Papier wird rascheln oder Gräser. Ein großes Trommeln wird beginnen. Wer wird da wohl wen rufen? Vielleicht eine Unke die andere?

Noch ist mein Mund verschlossen. Noch kann ich nichts verkündigen. Noch sage ich nichts. Allein. Ich schweige. Noch schweige ich. Doch ich schweige nicht, weil es meine Bestimmung ist zu schweigen, sondern weil ich darüber nachdenke, was genau ich zu verkündigen habe.

Oh, wenn ich dann erst rede, meine Bilder wie ein Memory-Spiel unters Volk verteile, dann erst werden all die anderen wissen, was ich gemeint habe. Dann werde ich nie wieder allein sein. Sie werden versuchen, die fehlenden Bilder zusammenzufügen. Und sie werden mir zu Füßen liegen wie die Straße vor meinen Füßen liegt. Ich höre sie schon rufen: Leite uns, o großer Guru. Gib uns den Swing. Den spiritistischen Traum. Den Traum vom Davonfliegen aus Raum und Zeit. Aus familiärer Enge. Licht wollen wir sehen. Nicht mehr wollen wir wie die Schnecken oder die Schnaken sein. Wir rufen, wir rufen, wir rufen dich. Wohin sollen wir gehen? Sag uns. Wo können wir unseren Hunger stillen und unsere Babys? Liebe, werde ich sagen, werde ich verkündigen, ist vonnöten. Schreib das auf, Janett, werde ich sagen, werde ich verkündigen, du meine einst irdische, jetzt himmlische Begleiterin.

Meine Füße blasen. Wohin gehe ich? Allein. Allein unter den Roben und den Nackten. Allein auf der Straße. Nein, ich laufe nicht bis nach Canossa. Ich bin viel zu bequem dazu. Wenn ich doch wieder jemandem sagen würde, was ich nie wieder jemandem sagen werde, – Ich liebe dich! –, werde ich an mir selbst zum Verbrecher. Nein, ich laufe nicht nach Canossa. Warum aber mache ich es dann den anderen so schwer, es mir nicht gleich zu tun?

Ich möchte keine Bitten mehr erfüllen. Auch nicht meine eigenen. Die Zeit straft uns Lügen. Ich weiß das. Ich weiß das. Manche unausgesprochenen Gedanken anderer machen mir Mut. Was aber hat Janett mir verschwiegen? Und irgendwo in mir bleibt doch immer etwas kleben.

Ich sehe. Ich sehe. Ich bin allein. Selbst meine Ängste haben mich verlassen. Was bleibt, ist das Sichtbare. Lumpen und Schlamperei. Keiner trägt des anderen Last. Alle sind verklumpt. Alle spinnen ihre Netze. Das Zauberwort heißt Macht. Nichts wird bewegt außer den Konten. Und der Alp in den Träumen, in den Nächten, am Tage, wo auch immer. Sie nehmen ihre Siege nicht mehr wahr, die Roben und die Nackten. Sie leben von Geschichten. Doch in den Geschichten ist Gift versteckt.

Ich bin müde.

Endlich Schlaf

Die Zeit gleitet dahin. Die Welt ist ein Dogma, eine Behauptung ohne Beweis. Ein universelles Ding. Versiegelt aber nicht das Kleinliche im Menschen, der kein Vogel ist, selbst dann nicht, wenn er schläft. Er will aber fortfliegen, er will geflogen sein und schreckt vor nichts zurück, und nimmt in Kauf das Kommen jeder Katastrophe sich schreiend steigernder entsetzlich entsetzter Grimassen, ein Schrei, ein kurzer nur im Maß des Weltenwesens. Angst klebt an ihm, dem schlafenden Menschen. Ein Orkan nur in der Allegorie totalitärer Vernichtung. Die Angst wird nie enden. So klein die Größe, so groß das Kleine. Eine ewige Verschlingung und Verknotung aller schlafenden Seelen. So vermessen die Träume. Das Wetter könnte sich ändern, man würde es nicht wahrnehmen. So vielseitig einseitig. Die Tassen könnten mutieren, man würde es nicht wahrnehmen. Eine Welt, die in Flammen steht, weil keiner Prometheus missverstanden haben will. Es könnte besser oder schlechter werden, man würde es nicht wahrnehmen. Weil keiner die Wahrheit missverstanden haben will, weil jeder die Wahrheit benötigt, die er besitzt. Es könnten Detailfragen geklärt oder aufgeworfen werden, man würde es nicht wahrnehmen. Weil jeder den anderen der Lüge bezichtigt, selbst im Schlaf, selbst im Traum. Es könnten die Mütter plötzlich die Väter tyrannisieren, man würde es nicht wahrnehmen. Selbst im Schlaf, endlich im Schlaf, lügt man auch. Selbst im Schlaf, endlich im Schlaf, lebt jeder weiter seine Lügen. Die Lügen des Glaubens, die Lügen der Philosophie, die Lügen der Lieben. Und so bin auch ich verfallen den Lügen, denen ich meine Wahrheit opferte. Die Welt ein Mysterium. Die Welt mein Mysterium. Ich, der Mann, bin gescheitert an mir selber. So gescheitert wie die Frau. So gescheitert wie alles andere aufbauend Zerstörerische.

Jaja, träume ich, preiset Gott in Freud und Not. Verachtet ihn nie. Solange die Welt sich drehet. Und es Sieger gibt in ihr. Und Leute, die sich beweisen müssen.

Habe ich Janett ausgelacht, als sie dann tot war? Habe ich es oder habe ich es nicht? Mein Traum gibt mir keine Antwort, will mir keine Antwort geben. Selbst darin bin ich zu feige für die Wahrheit. Oder kenne ich sie wirklich nicht? Habe ich nicht doch über sie gelästert in Gedanken? Es ist schließlich die einfachste Sache der Welt, über jemanden zu lästern, wenn man ihn nicht versteht. Wenn man ihn nicht wirklich versteht. Selbst merke ich nicht, dass ich Grenzen überschreite, dass ich zerstöre, und ich verurteile mich oder übrigens alles mit einem gezwungenen Lächeln. Dass ich sie so liegenließ. Dass ich sie so liegenließ. Vielleicht ist sie gar nicht tot. Für wen ist es denn wirklich nur ein Gag, einen anderen mit einem Messer zu bedrohen? Der Tod steht uns allen zu nahe, um Angst vor ihm zu haben. Ich aber habe Angst, dass ein anderer die Möglichkeit hat, mein ganzes Leben zu verändern. Ich bilde mir ein, ich habe gezittert, als ich sie so liegen sah. Oder habe ich gelacht? Ich muss doch wem sagen, dass ich mich bedroht fühle. Ich muss doch irgendwie sagen, dass ich mich bedroht fühle. Einen anderen Ausweg gibt es nicht. Sonst wäre ich aufgestanden und gegangen oder gegangen wie sie, die alles und alle zum Kotzen fand wie alles und alle sich selber, und doch nicht im richtigen Moment, als sie es brauchte, kotzen konnte. Warum ist manchmal alles so leicht? Da gibt es keinen Sinn, und alle machen weiter. Ich befinde mich in einem Zimmer ohne Fenster. Ohne Türen. Ab und zu kommt einer rein, um mich beim Alleinsein zu stören. Manchmal suche ich jemanden oder ich warte. Und dann ist da auch plötzlich einer, aber ich kann nicht sprechen. Oder ich hasse ihn ohne ersichtlichen Grund. Irgendjemand spricht mit mir. Seine Worte sind Materie, sind Steine, die auf mich niederprasseln. Ich aber kann sie trotzdem nicht anfassen. So sieht meine Welt aus. Etwas dürftig vielleicht. Jedoch bleibt mir allein der Glaube, dass die Person, die so mit mir spricht, eine Notwendigkeit darin sieht, vor mich auf diese oder jene Weise hinzutreten, um sich zu demaskieren oder seine Rolle mit meiner Hilfe zu Ende zu spielen, darauf ausgerichtet, darauf erpicht, meine Seele freizulegen. Ist die Fabel vom Fuchs und den Trauben nicht auch für diejenigen bitter, die die Trauben sind? Ich will nicht, dass man mich so ansieht, wie mich manche ansehen. Ich will, dass man mir ins Gesicht schlägt und mir sagt, dass ich nicht so bin wie ich bin, dass ich ein lieber netter Kerl bin, der sich bloß mal gehen lässt ab und zu und der genauso verstanden werden muss wie alle, auch wenn ich blass aussehe, weil ich in den Nächten etwas aufschreiben ließ von einer Toten, und dass man mich anfassen möchte, weil ich ein Mensch bin aus Fleisch und Blut oder dass man mich hassen möchte, weil ich ein Mensch bin aus Fleisch und Blut. Warum warte ich darauf, dass ein bestimmter Mensch das sagt, dass ich von einem bestimmten Menschen diese Worte erhoffe? Ist es diesem Menschen, dem einzigen Menschen, von dem ich das erwarte, nicht unmöglich, so zu mir zu sprechen, weil er genau dieselben Worte von mir erwartet? Oder weil er tot ist? Warum ist dieser Mensch eine Frau, eine wahrscheinlich tote noch dazu? Warum liebe ich sie aber nicht? Warum hat sie mich nicht wirklich geliebt, oder hatte sie das? Warum wiederum hatte sie solche Angst, mit mir darüber zu reden, ohne gleich mit mir schlafen zu wollen? Vielleicht ist das alles nur so ein Gefühl, nur so ein dummer Traum, völlig unbegründet. Es ist halt da, es stört keinen, es hilft keinem weiter, es lässt sich nicht abstellen. Es will sein Recht und kriegt es nicht und schmollt. Ich weiß, dass sie mich alle nicht verstehen. Aber verstehe ich sie denn, diese roten und schwarzen Roben und die Nackten? Oder verstehe ich, wenn überhaupt, im Grunde nur ihre Masken? Wenn sie mich so verraten. Tun sie das eigentlich? Wenn sie mich so verraten, warum will ich sie dann noch alle mögen? Ausnahmslos alle mögen. Nie werde ich vergessen, wie ihre Seele auf einmal lautlos vor mir zurückgewichen ist. Ist sie deshalb gestorben? Dabei habe ich sie nur kurz angeschaut. Warum hat sie mich gerade in diesem Augenblick verstanden? Warum hat sie mir jedes weitere Wort an sie erspart? Ja, ich wollte sie nicht verletzen. Nein, das ist eine Lüge.

Niemand ist perfekt. Wieso sollte ich es sein? Ich will bleiben, hier. Ewigen Schlaf, endlich Schlaf kosten. Ich habe mich nicht hinter Panzertüren versteckt. Doch warum ist es dann so dunkel?

Warum ist es dann so dunkel?

Ist es dann so dunkel?

Ist es dann so?

Ist es dann?

Ist es?

Dunkel?

Traum I

Janett. Das Kind. Das Mädchen. Mama mahnt. Papa mahnt. Ihre Augen starren beide an. Haltet mich fest, beten sie. Alleine ist sie. Die Tage sind trübe. Verrückt wird sie. Draußen scheint die Sonne. Drinnen regnet es Ärger, immerzu nur Ärger. Aber manchmal darf sie Videos sehen. Das teure schöne Leben betrachten. Per Fernbedienung. Und luftige Musik dazu hören. Per Fernbedienung. Austauschbare Bilder. Austauschbare Musik. Verlaufen die Bilder, verlaufen die Melodien in ihren Träumen. Verwaschen. Wellen rauschen vorbei. Züge rattern, weit entfernt, weg. Gefühle werden konserviert serviert. Kühle und Palmenstrände. Buntes Gemüse. Tosende Städte. Fremdes Blut. Prophezeiungen einer satten Welt. Doch Papa und Mama mahnen, mahnen das Kind, nach draußen zu gehen.

Schreib das auf, Janett

Schon wieder hatte mich meine Menschenkenntnis getäuscht oder ich hatte die Augen nur halb geöffnet. Sie schrieb es auf. Es ist immer wieder derselbe Irrtum. Sie schrieb es auf. Nämlich der, dass ich bei Menschen, die ich mag, die Naivität ausklammere, eine Art Naivität, die auch mir eigen ist. Sie schrieb es auf. Irgendwo haben wir sensiblen Kunstgenießer oder -schöpfer ein beschränktes Weltbild. Sie schrieb es auf. Glück oder Unglück, Trauer oder Freude begegnen sich ständig auf der gleichen Ebene, werden von den gleichen Situationen beeinflusst. Sie schrieb es auf. Auch unsere Intoleranz hat erschreckende Grenzen, nur: Wer gibt das schon gern zu? Sie schrieb es auf. Man stellt sich nur bedingt selbst vor den Pranger.

Traum II

„Frieden schaffen nur mit Waffen" steht auf dem Plakat. In wörtlicher Rede. Der Rest, so heißt es im Text, ist Verweigerung zu überleben. Es ist Zeit, sagt die Sprechblase über dem Politikergesicht, in den Rhein zu springen. Unterm Himmel weißrussische Gesänge. Begleitet von den Reden der Präsidentschaftskandidaten. Die sind in einen olympischen Wettstreit getreten. Pro Stunde darf einer was sagen. Wir sind bei den Deutschen, erklärt ein Fremdenführer. Die haben alle so einen Hang zum Putschen. Sie wissen doch: Hitler und so. Und die Jungs und Mädels aus Kreuzberg. Rostig die Gesinnung. Faul das Obst. Ruinös die Rhetorik. Ach, Goethe, wissen Sie, wird wohl Jude gewesen sein. Gottes Epistel, haha, Scherz am Rande. Nächtliches Entzücken jenes Dichters spricht dagegen. Wir wissen doch Bescheid. Bitten drum, die Roben zu wechseln oder auszuziehen. Schöne Körper. Schöne Liebe unter den Menschen. Nach dem nächsten Krieg könnte man Lust haben, sich wiederzusehen. Wie im Märchen wäre das. So als Freunde an einer Tafel. Nein, nicht Schkola. Das allgemeine Gelächter unterdrückt die Sanftmut des Fremdenführers. Welch goldigen Humor er hat. Das mitten in den Wahlen. Beweglichkeit, sagt er, und sticht mit wildem Finger einem Japaner das Kameraauge aus, macht den Weltmann aus, nicht wahr? Das Sonnengemüt. Seine Witze raketenschnell. Und immer so auf Ordnung bedacht. Das Echo seiner Berater.

„Folgen Sie mir weiter!"

Er führt freundlich die, die ihm keine Freunde sind. Mit denen er sich nie die Wüste teilen würde. Menschen, sagt er, werden scheinbar seltener. Sehen Sie, überall nur müde Arbeiter, arbeitslos versteht sich. Ja, von selbst. Haben alle rote Augen. Sind ewig unterwegs. Seelenlos. Problembeladen. Ohne Sehn- und andere Süchte. Dort auf der Tribüne die lebenden Götter der Welt. Deutschland sein die Welt, capisci? Da am Rande ein paar Blumen. Dinosaurier knabbern an ihnen. Jaja, hier gibt's die noch. Manchmal rufen sie nach ihrer Auferstehung. Lustlos, klar. Schön könnte es werden. Ohne Zwischenfrage.

„Richtig."

So lautet seine Antwort.

„Die Mafia überwacht ihre Entwicklung. Bitte? Sie können es noch nicht richtig glauben? Wissen Sie, da entsteht eine neue Waffe. Dinosaurier. Ein neues Spiel in der Entwicklung der Kriegstechnik. Gerade jetzt, wo Wahlkampf ... Das Leben leuchtet dann in anderen Dimensionen. In großen, haha. Bald wird zurückgeschlagen. Die Räume werden wieder weiter. Als erstes wird Japan unterjocht. Haha, du kleines gelbes Schwein hast Angst? Unglück ist was Lustiges. Alles ist im Fadenkreuz ... äh ... Hakenkreuz. Kälte umwirbt den Planeten. Singt nur, singt die georgischen Vaterunser oder wie die Dinger heißen."

Vom Meer her weht Gelächter. Angst verdeckend in den Gesichtern der Touristen. Keiner wagt den anderen anzusehen. Keiner wagt zur Tribüne zu blicken. Alle suchen Nähe, als hätte der Fremdenführer eine Handgranate an seinem Regenschirm.

„Die Nächte sind kalt in dieser Gegend. Deswegen nix viel Liebe, wenig Kinder, kleiner Scherz. Einmal im Jahr. Zweimal. Dreimal von mir aus. Aber nur bei den Eisbadern."

Die Touristen wollen lieber Kaffee trinken.

„Kein Wasser. Bedauerlich. Der Ozean verkriecht sich. Und wenig Salz dieses Jahr. Wenig Dörrfleisch. Lustig aber ist das Leben hier. Bis auf die paar Grenzverletzungen. Sie wissen ja, die Polen, die Zigeuner, das stinkende Gesocks. Aber schließlich gibt es Polizisten. Immer den Finger am Abzug. Da haben wir blindes Vertrauen, wir Bevölkerung. Und Geld verdienen die auch. Nicht wenig pro toten Asylanten."

Aufgelesen

Wo bin ich gelandet? Wo bin ich erwacht? Oder geht der Alptraum weiter? Die Ärzte kichern still vor sich hin. Wozu bin ich hier? Wozu bin ich noch hier? Kommt ja doch alles unter die Erde am Ende. Mich eingeschlossen. Mich eingeschlossen? Haben die mich hier eingeschlossen? Was soll´s. Am Ende komme ich doch unter die Erde. Wieder und wieder. Ewig und ewig. Wenn auch andere anderes hoffen. Für die Hoffnung gibt es Ärzte. Wenn auch andere anderes schaffen. Für das nicht Erreichte gibt es Ärzte. Ärzte sind Sachverwalter, Menschenverwalter, Tierverwalter, Verwalter des Todes. Führen Strichlisten für ihn. Und dann kommt er uns holen, der Tod. Uns alle. Konkurrenzlos ist er. Selbst Gefühle können ihm nicht das Wasser reichen.

Ein Freund von mir sagte mal damals: „Das einzige, was mich am Leben hält, ist meine schizophren anmutende Existenzangst."

Es herrscht Frieden. Nur die Apparate summen. Was für Apparate? Und die Ärzte kichern leise vor sich hin, haben mir den Rücken zugedreht. Wie bin ich nur hierhergekommen? Wo haben die mich aufgelesen? Von der Straße, an der ich schlief? Sie haben mich hierher gebracht. Wer weiß warum. Vielleicht habe ich aus Versehen ihr Hinterland besetzt. Und die Regenten sind eilig geflohen. Und sie werden gehetzt. Von Feuern und Wassern. Vom Frieden. Von der Zeit.

Nun steht er vor mir, der Oberdoktor wahrscheinlich, und grinst mich an. Es soll wohl freundlich gemeint sein.

„Was man nicht weiß, macht keinen heiß", sagt er, und behält sein Grinsen unter der grauen Wolle. „Feuer ist gefährlich. Man muss es kontrollieren. Sonst kommt es einem teuer zu stehen. Es kann alles vernichten. Ja, zur Bombe werden. Es wird die Wahrheit überlaufen. Oder unterlaufen. So wie uns. Alle Räume, Mutter- und Vatersucht. Alte Erkenntnisse. Länder. Geld. Den Rock'n Roll sogar. Mögen Sie Rock'n Roll? Jedwede Zeit kann es zerfressen, das Feuer. Glücklicherweise auch Probleme. Aber selbst die Jugend. Die Augen sind dann blind vom Rauch. Sonst bliebe noch die Stille. Wieso haben Sie eigentlich Ihre Wohnung angesteckt? Antworten Sie nicht. Ich weiß. Ich weiß. Man vergisst so schnell zu lachen, nicht wahr. Glut zündet uns an, uns Menschen meine ich, sagt sich der Brandstifter. Sie sind ja schließlich nicht der Erste. So eine kleine Glut, der räumt man halt so die Chancen ein, die man für sich selbst nicht mehr sieht. Man schickt sie dann hin auf alle Milliarden geträumten Wege. In alle Reiche. In jeder Nase soll sie Wahrheit verkünden mit stickigen Qualen. Schöne Träume soll ihr Nervengift gebären, ist es nicht so? Heruntergewirtschaftete Finanzen vertuschen. Flugzeuge abstürzen lassen. Es muss ein tolles Gefühl sein, so ein Feuer zu legen. Wie Romeo es gehabt haben musste, als er, verbotenerweise versteht sich, um Julia warb. Nun aber ist das Feuer gelegt. Jetzt werden die Fronten neu abgesteckt zwischen Ihnen und der Gesellschaft. Das wollten Sie doch damit erreichen, oder? Und Spesen gibt es auch. Die zahlen die Boulevardzeitungen. Und überfüllte Hotels gibt es durch die Reporter und Regierungssprecher. Kredite wechseln jetzt die Besitzer in dieser Stadt. Gott lächelt süßlich. Süßlich, wie verbranntes Fleisch riecht. Apropos verbranntes Fleisch. War das Mädchen schön? Telefone klingeln sich heiß. Es wird neue Brände geben. Man möchte sie sehen, die Scheiterhaufen, in Farbe und auf allen Kanälen. Adrenalin wird in den Apotheken zu Höchstpreisen verkauft. Ich spreche aus Erfahrung. Hubert mein Name. Nachname. Klingt wie ein Vorname. Doktor Hubert von mir aus. Ich lege aber keinen Wert darauf. Sagen Sie einfach Hubert zu mir. Jaja, jetzt wird es dank Ihnen wieder viel zu reden geben. Bürokraten plappern gerne. Alkohol wird herumgereicht. Frauen warten untätig. Manche lesen Zeitung. Kinder klauen Süßigkeiten, während die Kassiererinnen nach dem nächsten Feuer Ausschau halten. Gedopt sind alle. Ich weiß bestens Bescheid, was hier läuft. So ein kostbares Leben. Stellen Sie sich vor, es ist Wind aufgekommen. Ostwind. Das Feuer ist abgetrieben. Fühlbar. Die Aufregung ist gesunken. Obwohl schon einige Spenden eingetroffen sind. Der Tag ist zum Segel geworden. Als wäre alles Vorherige ein Betrug gewesen. Nur ein bisschen Gedankengift. Ihr Haus war allerdings nicht mehr zu retten. Das Mädchen, nun ja, irgendwie den Häschern entkommen. War auch mehr tot als lebendig. Roch nach Alkohol. Hatte vielleicht auch Drogen genommen. Kannten Sie sie gut? War sie vom Strich? War sie schön? Ich frage nur so. Sie müssen nicht antworten."

„Ich habe kein Feuer gelegt", flüstere ich mit einer Heiserkeit, mit Rauch in der Stimme, die meine Worte Lügen straft.

Der Oberdoktor Hubert sieht mich fassungslos an.

„Nicht?", fragt er entgeistert.

Schwach schüttele ich den Kopf.

Oberdoktor Hubert zuckt mit den Schultern.

„Dann eben nicht. Wie Sie wollen. Ich arbeite schließlich nicht für die Polizei. Das wäre wohl das Letzte, was ich tun würde. Aber es gibt eben so Menschen. Sie wissen selber. Besser als ich sogar. Immerhin haben Sie die Courage gehabt und sich gewehrt. Hut ab! Leider habe ich keinen auf. Wissen Sie, ich trage keine Hüte. Wozu auch? Es ist Sommer. Glaube ich jedenfalls. Wie Sie sehen, ich weiß auch nicht alles. Das ist ja überhaupt die Tragik von uns Ärzten. Wir wissen nichts. Aber das ist das Einzige, was man uns wirklich nicht glaubt. Haben Sie eigentlich schon etwas gegessen?"

Ich soll also Feuer gelegt haben, behauptet dieser skurrile Oberdoktor. Aber ich bin mir sicher, dass ich kein Feuer gelegt habe. Ich bin, wenn auch von der großen Strömung abgetrieben, ein normaler Mensch wie jeder andere auch. Überaus angepasst an jede scheinbare Anpassungslosigkeit. Und kein Phönix entstieg dem Aschehaufen meiner Vergangenheit. Der Phönix kann das gar nicht, das haben sich Menschen ausgedacht. Er singt nur ab und zu blöde Lieder tief in mir drin. Die Texte der Lieder sind gut verwahrt in einem Geheimarchiv meiner Seele. Dort ist es mir zu eng geworden. Wahr ist, dass deshalb meine Emotionen etwas übersprudelten. Wahr ist, dass ich in meinem Innersten einige Akten angesengt habe. Angesengt, aber nicht verbrannt. Ich kann die Schreie des Feuervogels nicht hören, aber ich weiß, dass er schreit. Er ist noch wohl verwahrt in mir und studiert die Texte der angesengten Akten. Seine verzweifelten Schreie, so hofft er, sollen eines Tages Siegesrufe werden. Keiner würde sie dann aber noch verstehen können. Zu tief vergraben haben die anderen alle ihren Phönix. Wenn ein Haus brennt, weiß man genau, es war einer der Bewohner, den man dann Stunden später schlafend am Straßenrand vorfindet und der angeblich von nichts weiß. Darüber würde sich keiner streiten wollen außer mir und dem Oberdoktor Hubert vielleicht. Wenn ich ihn mir so ansehe, ein kleines Männchen mit grauen Haaren und grauem Bart, wird mir bewusst, wie ohnmächtig wir doch sind. Wenn ich Pech habe, entpuppt sich der Oberdoktor als entlaufener Psychopath, der sich einen Kittel geklaut hat. Apropos Psychopath ...

„Die Welt, mein junger Freund, ist voller Heuchler, die uns belagern. Das ist das Thema. Die Menschen fühlen keine Einheit mehr. Die Menschen nicht. Die Staaten nicht. Wir haben alle noch nicht genug bezahlt. Und etwas zu viel Kohle. Laut letzter Inventur. Im Ernst. Ein Fehler in der Buchführung wahrscheinlich. Aber davon verstehe ich nicht viel. Ja, mein Freund, wir sind hier mit Reichtum gestraft. Was glauben Sie, was ich hier verdiene? Sie werden es nicht glauben. Mit zu viel umstrittenem Reichtum sind wir gestraft. Man könnte auch Profit dazu sagen. Oder Ersparnisse. Aber wir schicken es nicht nach Kasachstan, das Geld. Die Kasachen sind weit weg. Und wahrscheinlich keine Christen. Selbst Tutti Frutti würden die nie begreifen. Und man sagt, die sitzen nicht einmal auf Stühlen. Geld ist eben nicht zum Verschenken da. Die kaufen damit doch nur Waffen und bringen sich gegenseitig um. Irgendwann werden die sich noch gegenseitig auffressen. Während wir die Weltherrschaft erringen. Denn wir sind ja auch die Klügeren. Die Geschickteren. Die Besonneneren. Mit der größeren Armee."

Ich richte mich auf.

„Bin ich hier bei der Gehirnwäsche?", frage ich vorsichtig.

Der Oberdoktor Hubert lacht und schreibt dann etwas auf ein Blatt Papier.

„Nein. Nein. Sie sind gesund, junger Mann. Sie können gehen. Betrachten Sie sich von mir aus als geheilt, wenn Sie sich krank fühlten. Eigentlich paradox. Die sympathischen Menschen sind niemals krank. Die Kranken, die hier bleiben, kranken an sich selbst und die richtig Kranken bekommt ein Arzt wie ich wohl nie zu sehen. Sie hatten nichts bei sich als das, was Sie anhaben. Dazu noch das Notizbuch und einen Bleistift. Das müssen Sie sich bei der Oberschwester holen. Diesen scheußlichen Gang nehme ich Ihnen nicht ab. Und ich habe, falls es wichtig werden sollte, Sie darauf hingewiesen, dass Sie sich im Falle Ihrer Entlassung sofort bei der Polizei melden sollen. Das wird wohl nicht so wild sein mit Ihnen. Ich hatte schon Fälle, da musste so ein grüner Spund draußen vor der Tür Wache schieben. Als ob wir keine Fenster hätten. Ich muss los. Auf Wiedersehen."

Von vorn?

Irgendwann muss ich wohl wieder an das Geldverdienen denken. Das hat der Mann bei der Polizei gesagt. Schließlich gäbe es ja eine Norm. Das hat der Mann bei der Polizei gesagt. Und die Normen dieser Gesellschaft hätten es in sich. Das hat der Mann bei der Polizei gesagt. Vorher solle ich noch in Ruhe eine rauchen und etwas Anständiges essen. Das hat der Mann bei der Polizei gesagt. Auch wenn ich keinen Appetit hätte, ich müsse. Das hat der Mann bei der Polizei gesagt. Letztendlich gewöhnt man sich schnell wieder an alles. Das hat der Mann bei der Polizei gesagt. Bald swingt er wieder, der Arbeitsrhythmus. Das hat der Mann bei der Polizei gesagt. *Der Rhythmus, wo ich mit muss.* Das hat jemand anderes gesagt. Normalerweise finde ich den Swing schon nicht schlecht. Aber wenn es gerade ein Mann bei der Polizei sagt... Vielleicht, das kann so ein Polizist allerdings nicht wissen, hat das Gekreisch einer Maschine doch mehr mit dem Metal-Sound der Power-Bauern-Rocker oder mit Techno zu tun. Jedes Mal dasselbe ist doch immer wieder mal etwas anderes. Das hat der Mann bei der Polizei gesagt.

Nun soll ich also von vorn beginnen. Von vorn? Wo ist von

vorn? Früher war vorn dort, wo Janett war. Die ist jetzt irgendwo, aber keiner will mir verraten, wo. Nicht einmal der Mann bei der Polizei. Woher soll ich dann wissen, wo vorne ist?

Ich laufe so gerne. Allerdings nicht gern allein. Aus diesem Grunde bin ich jetzt artig. Ich will mich nicht mehr verfolgen lassen. Egal warum und in welchem Zustand. Viel lieber würde ich auf eine Überraschung warten. Vielleicht darauf, dass Janett mir von der anderen Straßenseite zuwinkt? Ich aber bin nun ganz allein auf der Straße mit meiner Angst. Vor Tieffliegern. Vor schöner Traurigkeit, die andere auch als Depression bezeichnen. Die konnte mir der Oberdoktor Hubert auch nicht nehmen. C'est la vie. Und dann noch diese neue Art von Angst, die vor der Dunkelheit. Also laufe ich auch schneller. Als ob ich vor all dem weglaufen könnte. Ich aber laufe. Laufe rhythmisch. Laufe wie ich es gelernt habe in den vergangenen Jahren. So werde ich wohl noch laufen, bis meine Haarfarbe sich zu ändern beginnt. Bis das Chaos meiner Gedanken mein Gehirn zermahlt. Bis mich irgendein Passant anhält, um mich nach meiner Unschuld zu fragen. Und ich ihm antworten werde: Die ist ganz schön abgefuckt, weißt du. Und alles schön in wörtlicher Rede. Aber keine Janett mehr da, die das aufschreiben könnte. Alles ist schon getan. Die Seele wird mit Tatenlosigkeit beruhigt. In mir beginnt es zu rieseln. Ich habe nun schon oft die Gangart gewechselt. Bald werde ich wohl auch das Gebiss wechseln müssen. Nachts werde ich öfter betrunken sein. Mein Glück, oder wie ich das Ganze nennen soll, habe ich scheinbar verspielt. Soll ich auf ein Wunder warten? Der Dreck flirrt mir um meine Ohren. Worin mir, glaubte ich dem Mann von der Polizei, bald auch der Fiskus liegen wird. Langsam keimt Todessehnsucht in mir auf, während ich dennoch versuche weiterzulaufen. Keine Ahnung, in welche Richtung. Die geraden Wege werden eh immer kurvenreicher. Schade, dass ich nicht mit solchen Hilfsmitteln wie Kompass und Karte umgehen kann. Was soll ich da von vorn beginnen?

Ich erinnere mich an ein Erlebnis in Schwerin. Ich fuhr spätnachts mit der Straßenbahn. Auf den Sitzen vor mir saßen zwei Mädchen, die sich küssten. Ab und zu sah sich das eine der beiden Mädchen nach mir um. Dann trafen sich unsere Blicke. Ihrer war aggressiv, meiner höchstwahrscheinlich erstaunt, vielleicht auch neugierig. Ich kam mir vor wie ein konservativer Moralgreis, so wie ich da saß. Ich hatte ein sehr ungutes Gefühl. Und doch spürte ich weder Verständnis noch Ablehnung. Das Einzige, was mir an dieser ganzen Szene nicht gleichgültig war, war allein, dass die beiden Lesben mich für einen gaffenden Spanner hielten. Dabei war ich nur verwundert.

Ich erinnere mich an meine Schulzeit. Längst abgehakt. Nein, ich gehe nicht kleinlich um mit meinen gesammelten Erfahrungen. Alles Geschichte. Banale Histörchen. Aus längst vergangener Zeit. Der Drang nach Freiheit. Die Not der Notwendigkeit. Die leidlichen und doch unleidlichen Veränderungen von Jahr zu Jahr. Das Suchen nach Zielen. Wir Kinder, wir Schüler als Geiseln des Lebens. Dieses Zuviel an Verständnis. Dieses Zuwenig an Verstand. Am lustigsten waren immer jegliche Aufklärungsversuche von Seiten der prüden Gesellschaft. Nur vor unserer Angst wollte und konnte uns keiner beschützen. Und auch nicht vor den langen Wegen, die noch vor uns lagen. Am allerwenigsten vor dem Alkohol. Von Geld war oft die Rede. Viel zu oft. Keiner nahm gern unsere Beichten ab. Unsere wirklichen Feinde wurden uns einfach unterschlagen.

Ausnahmezustand. Blechklappern. Tunneldunkel. Nachrichtensperre. Straßenterror. Das wär's. Also von vorn anfangen? Also von vorn anfangen.

Zeit der Unschuld

Über mir, wie wohlbekannt, die Sterne. Welch nette Geste. Zeit abzutreten. Und vorher meine Hommage an mich zu schreiben. Zeit der Unschuld.

*

Immer wieder versuchen meine Gedanken einen Spagat. So wie die ganze Welt ihren Spagat versucht. Spagat der Gedanken. Spagat der Welten. Spagat des Lebens. Spagat der Sorglosigkeit. Spagat, der die Zeiten überbrücken will. An mir nagt das Fernweh. Irreale Bilder spuken durch meinen Kopf. Irreale Gestalten. Und alle tun sie ganz geheimnisvoll. Und alle sind sie so verschwiegen. Oder sprechen mir unverständliche Sprachen. Und alle sind sie so verschieden. Sie kommen immer mit den Erinnerungen. Besonders gern mit den schrecklichen Erinnerungen. Die mir nicht passen. Die mich zum Aufschreien bringen. Dabei weiß ich, weder die Erinnerungen noch die Gestalten wollen etwas Böses von mir. Aber sie erscheinen mir so wahnsinnig realistisch.

Wir wollen einen neuen Herrn. Der alte ist anscheinend

verschwunden. Vielleicht pennt er auch sabbernd in irgendeiner Sozialstation. Und andere bereichern sich an ihm. Einmal wöchentlich wird er gebadet. Bis seine Pfleger die Nerven verlieren. Und dann haben wir noch diesen Drang nach Osten. Zu den Moscheen wollen wir uns führen lassen. Die Verschwörung der Dritten Welt anzetteln oder verhindern, je nachdem. Was aber, wenn sie glücken sollte?

Was aber, wenn so eine Verschwörung glücken sollte? Ich muss denken, denken, nachdenken jetzt. Wir wären gezwungen zu einer Neuorientierung. Alles wäre auf einmal fremd. Zu weit wäre die Reise unserer Veränderungen. Und gar die zu den Schulungen. Wir würden unsere neue Welt nicht sympathisch finden. Man würde uns schon gern umwerben. Man würde sich aber auch so gern mit uns streiten.

Es ist besser geworden. Ich liege in einem Zimmer, das ich vorher nie betreten habe, das trotzdem neuerdings mir gehört, auf einer Luftmatratze und höre klassische Musik. Ich fühle mich wie früher vielleicht der alte Adel. Was soll ich mit Gewalt? Ich habe Angst vor Gewalt. Ich habe doch Angst vor dem Zusammenbrechen jedes noch so kleinen Glücks. Was sollte denn bleiben nach der Schlacht? Schlafende oder tote Krieger? Verlorene Erinnerungen? Kurzfristiger Ruhm, bis man als Arschloch geoutet wird? Zu viele Taten sind schon getan. Und Atlantis ist seit Ewigkeiten versunken, wenn es überhaupt jemals existierte. Sinnlosigkeit würde bleiben nach der Schlacht. Sich schleichend langsam ausbreitende Sinnlosigkeit. Und die Erinnerung an tote Gesichter. Erinnerung an wehrlose Gesichter. An weggeworfene herausgerissene Herzen auf den Schlachtfeldern. An versprengte weggesprengte Leichenteile.

Aber sind die Menschen nicht geboren, um zu kämpfen? Was muss es für sie, für uns, für ein erniedrigendes Gefühl sein, ins Leere zu springen? In Mieterhöhungen. Oder in unbezahlten Urlaub. Oder in bezahlte, erkaufte Freundschaften. Oder ins Heroin als letztes Kommunikationsmittel. Und in tote Briefkästen. Wenn Augen schreien. Nach Frauen. Mit Plattfüßen. Telefon im Kopf. Jetzt noch eine Runde Hacksteak essen. Auf niemanden mehr wartend. Die Welt gestohlen. Es fängt an, es hört nie auf. Da beißt mir einer in die Nase. Wir brauchen weitere Räume. Neue Staaten. Vorbilder haben wir. Sogar deutsche. Ich brauche langsame Lieder.

Zeit der Unschuld. Ich war im Kino. Die letzten Filme, die ich gesehen habe, waren alle aus Amerika und mehr oder weniger gut.

Zeit der Unschuld. Wenn wir zittern, zittert die Erde. Wenn wir zittern, zittert die Luft. Wenn wir gehen, zittert der Kampf im Kopf. Auf jedem Weg. Die Seele wird immer mitgeschleppt. Mit ihren inquisitorischen Lüsten. Immer die

Farben wechselnd. Muffiger Geruch auf den Straßen. Kleinstadtidyll. Man will ja nicht lügen, aber man ist zu schwach, es zu vermeiden. Rechte Hände, linke Hände, alles Blödsinn. Haltloses Geschwätz. Narretei. Verlorene Tonarten. Comicdenken. Und Sucht nach Sex. Soldatisch fast. Mannhaft eklig. Den Wahnsinn verleugnend. Und die Sehnsucht nach Spaghetti mit Tomatensauce, Bolognese. Leidige Vergangenheit. Wie ein Monster sich festklammernd. Die hübsche Sekretärin verdrängend. Man sollte ihr Blumen schenken, dem Engel. Aber ich habe nicht einmal eine Sekretärin. Ich habe gar nichts. Und niemanden. Zeit der Unschuld.

Seit heute morgen sitze ich auf dem Arbeitsamt herum und weiß nicht, was ich hier soll. Gegenreaktion oder Äquivalenz einer Heuchelei? Alle hier meinen es gut mit mir, aber alle schieben mich auf eine lange Bank und warten, mit echter Gleichgültigkeit, bis ich vergessen habe, wer ich bin. Nur Mut, sagen manche. Wie vor einer Operation. Ich aber habe nur noch einen kleinen Mut. Das sind die unwahrscheinlichen Augenblicke eines Lebens voller *Wiss*begierde. Und ich oder irgendjemand, der gerade vorüber läuft, ohne vorüber zu laufen, einer von uns beiden wird gegen den Mond taumeln. Und dann wird einer aufstehen, *einer oder eine*, dem oder der es keiner zugetraut hätte, und sagen: Ich habe alles durchschaut.

Dabei weiß jeder, auch *er oder sie selber*, dass er oder sie lügt. Und dann klopfen wieder alle nur ihre Sprüche oder jeder macht sich einen Vers darauf und fragt sich, wer denn nun eigentlich wen verarscht. Zeit der Unschuld.

Zeit der Unschuld. Ich sitze vor den verschlossenen Türen und starre nach jedem Gong wie gebannt auf die leuchtenden Ziffern der Digitalanzeige. Die Ziffer auf meinem Zettelchen sagt mir, dass ich noch nicht gemeint bin. Was war eigentlich zuerst da: Türen oder der Satz „Bis hierher und nicht weiter"? Wir sitzen auf dem Pulverfass, geduldig wartend, und vergleichen unsere Zettel mit der Anzeige, um uns zu vergewissern, ob es uns diesmal erwischt. Wann wird jemand dieses Fass entzünden? Na gut, da beschweren sich zwei, drei Leute, wollen fast gehen, aber werden gleich wieder ruhig, wenn ihnen ein Beamter rät, statt auf dem Fass zu sitzen einfach daneben stehenzubleiben. Und weiter abzuwarten. Bis zum Ende der Explosionen. Mir gegenüber sitzt ein Mensch, der ständig an seinen Nägeln kaut. Weiß der vielleicht mehr als ich? Muss er mir nicht verdächtig erscheinen? Verdächtig des Verdachts? Oder beruhigt er mit seinem Kauen nur seine Hämorrhoiden oder seine sexuellen Phantasien?

Neben mir sagt eine ältere Frau: „Man sollte nicht mit unseren Gefühlen spielen."

Stimmt, das sollte man wirklich nicht. Dafür spielen unsere Gefühle schon selbst viel zu viel mit uns. Aber sind wir dadurch im Nachteil? Nein, wir wären im Vorteil. Wenn wir uns bloß nicht andauernd etwas einreden würden, was unsere Gefühle verdrängt. Hürden nehmen ... sich bei den Ämtern vorstellen ... Hürden nehmen. Welche denn? Ich sehe keine. Nur verschlossene Türen. Und immer eine neue Zahl nach jedem Gong. Hürden nehmen, die unsichtbar sind.

„Aber was ist mit der Moral?", fragt die ältere Dame, die sich scheinbar unwillkürlich an bessere Zeiten erinnert hat.

„Liebe und Moral sind Paradoxa, die schon so vielen das Leben versaut haben.", antwortet der nervöse Blick des Nägelkauers.

Ich muss mich bemühen, nicht zu grinsen. Was würde die Moral tun, wenn der Wolf der Gier plötzlich keine Zähne mehr hätte? Zurückheulen? Es wäre eine grausame Rache, aber auch eine lustige. So ist das eben, wenn einer keine Chancen mehr hat und sich immer wieder vorstellig machen muss, um das bestätigt zu bekommen. Die, die noch Chancen haben, wissen die Chancenlosigkeit der Chancenlosen wohl nicht zu schätzen. Sie können vorerst noch ihre Hände anlegen im Berufsverkehr.

Zeit der Unschuld. Da sitze ich nun vor diesem Arbeitsberater. Dabei mag ich keine Prüfungskommissionen. Nicht die Prüfer mit den fiebernden Nüstern, die mit ihren Blicken die Delinquenten dressieren wollen. Nicht ihr barbarisch-freundliches Lächeln, von dem ich im Warteraum hörte, dass es hypnotisierend wirken soll. Sie durchdringen mit ihrer Allmacht Körper und Geist. Immer wieder scheinen sie kurz davor zu sein, jemanden aufzuspießen. Aber ich falle nicht auf diese überalterten Modelle herein. Geduldig höre ich dem Gebet des Beraters zu und warte auf den Moment, an dem ich den Mund öffnen muss, um meine Zähne prüfen zu lassen.

Neuanfang

In meiner Jackentasche ein Papier, ein Empfehlungsschreiben des Beraters. Meine Zähne müssen wohl in Ordnung gewesen sein. Auf dem Papier eine Adresse. Ich soll mich vorstellen. Werbebranche. Wenn die Empfehlung wirkt, habe ich nicht nur ein neues Zimmer, sondern auch einen neuen Job. Dann bin ich reich, in Bälde, und kann Janett suchen lassen, falls sie nicht doch draufgegangen ist beim Abfackeln meiner alten Wohnung. Ich könnte mir das leisten. Und vielleicht noch viel viel mehr. Ich wäre reich, reich, reich. Aber würde unser Land dadurch nicht in internationale Konflikte geraten, wenn es noch einen Reichen mehr aus den eigenen Reihen beherbergen würde?

Die Welt verachtet uns ja schon. Besonders die Dritte. Von der Vierten ganz zu schweigen. Denn wir sind reich und demokratisch. Führerlos driften wir zufrieden in die Ewigkeit und nehmen alle mit, die sich kein Gegenmittel leisten können. Manchmal ist mir so, als ob es das alles schon einmal gegeben hätte. Und vielleicht wird es das alles immer wieder geben. Irgendwie ist mir so. Immer wieder ein Neuanfang. Wenn dem so ist, wird es nie einen Frieden geben. Irgendwie ist mir so. Und mir ist so, als wäre es mehr als nur ein Gefühl. Europa, was für ein schimmliges Ideal. Lächerlich und zum Weinen. Zum Schreien. Zum Wohnungabfackeln. Zum Spracheverweigern. Nieder mit der wörtlichen Rede. Ich höre an allen Ecken schon die Rattenfänger pfeifen. Sie jagen das verseuchte Gesindel in den Süden auf die Palmen, und dann weiter über das Wasser nach Afrika, wo es auch hingehört. Gleiches ist unter Gleichen. Sanftes Säuseln des Windes, Wispern, Zungenschnalzen. Meine Ohren sind geschult. Ich erkenne alle Zwischentöne. Sollen die Schwachen ruhig zittern im kühlen Mitteleuropa. Der Stress liegt nur im Kopf. Ich denke mir keinen, ich mache mir keinen. Geht alles zugrunde, und danach, immer wieder, kommt der Neuanfang. Genau wie bei mir. Genau wie bei mir. Ich denke einfach nicht mehr so viel nach, lebe lieber. Den Intellektuellen fällt es sichtlich schwer, bedenkenlos zu leben. Sie suchen ein Leben lang ihre Identität, selbst wenn sie sie schon gefunden haben. Oft verlegen sie sie auch einfach wieder. Sie dann wiederzufinden, fehlt ihnen, den Denkern, das Tun, das Schaffen eines Neuanfangs nach jedem Zusammenbruch. Also müssen sie sich eine neue Identität besorgen, eine andere. Die ist das Was-wäre-Wenn. Daran erkennt man die Intellektuellen auf Anhieb, und ohne so ein gutes Gehör zu haben wie ich. Sie können alles umschreiben und genau ausdiskutieren, Was-wäre-Wenn. Ihre Gedanken sind Salat, aber, leider für sie, nicht vegetarisch, wenn auch fleischarm. Was-wäre-Wenn. Ich gehe zu dieser Adresse auf meinem Papier und bin so erschrocken, dass es ist.

Ich kann nicht behaupten, dass es mir, trotz der Adresse auf dem Papier, umwerfend gut geht. Vielleicht sollte ich mich lieber vorher hinlegen, mich auskurieren, auch wenn ich nicht weiß, wovon. Wenn ich liege und zittere, weiß ich ganz genau, dass Wunder geschehen. Im Krankenbett fallen mir immer die alten Geheimnisse ein. Milliarden von unübersichtlichen Gedanken werden dann zu einer Ahnung. Und sie geben sich keine Mühe mehr, ein rasantes Tempo vorzulegen. Eine Schuld liegt im Verborgenen, der Keim der Krankheit. Sie gräbt sich ans Licht, je höher das Fieber steigt. Zuwenig Wein hat sie ersticken wollen. Die Krankheit verbietet Alkohol. Denn mit ihm geraten dann Geräusche erst recht übers Husten ins Hirn. Er zwingt die Realität wieder, real zu sein, und das wird der erste Schritt zur Heilung sein. Der Tod wird zum Spielzeug. Man schläft sogar gut mit ihm an einer Seite. Er ist sanft, empfindet sich nicht als Superkraft. Er hat eine schmeichelnde Stimme, genau wie die eigenen Gedanken. Wie eine leise abgespielte Schallplatte. Eine Ehe mit ihm wäre für mich sogar vorstellbar. Allerdings ist das nicht möglich. Der Tod hat so viele Leben.

Nun stehe ich vor der Tür, zu der die Adresse auf dem Papier mich gewiesen hat. Ich weiß nicht, was ich sagen soll, wenn ich erst einmal eingetreten bin. Immer wieder verliere ich meine Sprache. Sie unterliegt dem Prinzip der Wucherung. Sie ist nie diszipliniert. Sie ist hinterlistig. Sie lässt uns, wenn sie will, freudig klagen. Sie lässt sich durch sich selbst widersprechen. Aber sie lässt, solange man sie nicht verliert, bedenkenlos über sich verfügen. Und ich habe nun wohl meine Sprache verloren. Ich habe sie mir nicht ausgewählt. Eine Sprache veraltet auch nicht, denn sie regeneriert sich immer selber, aber sie kann eben nun mal verloren gehen. Sie lässt sich nicht ermorden. Ihre Widersprüchlichkeit kann unter Umständen Anschläge auf die eigene Meinung vereiteln. Sie braucht kein Management. Sie verkompliziert sich nicht selber, das machen die, die sie benutzen. Ihre Moral existiert in ihr und durch sie. Selbst wo sie vorsintflutlich wirkt, wirkt sie. Ihr Marktwert entsteht durch sie. Eigenartig ist nur ihre stetige Veränderung von Land zu Land. Singend hier, holpernd da. Woanders vielleicht sogar stotternd. Dennoch habe ich den Eindruck, dass Sprache kein Volk bevorzugt. Sie lässt sich mit dem Herzen fassen, nicht mit der Zunge. Deshalb nämlich kann sie so oft verloren gehen. Sie kann weiblich sein und männlich, unabhängig vom tatsächlichen Geschlecht ihres Benutzers. Sie ist bereit, sich mit sich selbst zu verbrüdern. Sie lässt sich nicht testen, sie testet uns. Sie hat kein Ziel, sie ist unser Ziel. Und eben das kann sehr schnell verloren gehen.

Jetzt stehe ich vor dem Mann, zu dem mich die Adresse auf dem Papier geführt hat. Ich stehe vor meinem Neuanfang. Der Brutus kichert; er hat Macht. Und ich habe meine Sprache immer noch nicht wiedergefunden. Hätte ich mich doch nur wirklich hingelegt, um krank zu sein. Doch der Brutus hatte vorher Angst. Weit vor mir. Weit schon vor der Zeit, bevor er in dieses Haus, in dieses Zimmer, zu dieser Adresse, in diesen Sessel gelangt war, um solchen verwahrlosten Geschöpfen wie mir einen Neuanfang zu ermöglichen. Weit vor dieser Zeit hatte er selber Angst. Und steckte uns an mit dieser Angst. Und manövrierte uns so in ein implantiertes Chaos. Andere Zeichen wurden ignoriert. Das alte römische Denken war bald zu sehr in uns integriert. Jupiter schien ungünstig gestimmt. Er nahm uns die Rechte des allgemeinen Wohlbefindens. Überhaupt schienen Rechte sich selber aufzuheben. Unsere Feste waren irgendwie von ihrem Ende gezeichnet. Trist unsere Orgien. Recht spärlich das musikalische Beben unserer Füße. Ein leeres Loch, wo einst Dichtung war. Und blutige Flecke statt machtvoller Kämpfe. Und kein Kuss mehr, der schmeckt. Böse Gewitter glätteten die Haare. Schon hatten wir Angst, das Geld könnte an Bedeutung verlieren. Der kahle Herbst blies Kälte unter unsere Togen. Der Rhythmus unserer Herzen und unserer Schritte schlug unregelmäßig. Es war die Zeit der römischen Depression. In der Sauna böse Gedanken. Und, wie immer, zu viel Wein. Etwas musste geschehen. Wir mussten alles wagen, um unser schlechtes Bild aufzubessern. Einer hatte dann den Plan. Rein und klar war er wie Frühlingsregen. Wir lachten sehr bei der Erörterung. Eine hoffnungsvolle Mordidee. Der Schlaf wurde wieder poetischer. Ich hätte glatt das Abitur machen können, so purzelten die Gedanken. Das Grauenvolle sind wir unseren ästhetischen Ansprüchen schuldig gewesen. Wir bunkerten Zukunft in ein Drama. Stärke war und ist ein historisch entscheidendes Moment. Die Welt sollte uns wieder neu zu Füßen liegen. Doch irgendwie war das alles schon mal da, und ich wusste, das würde sich stetig wiederholen. Die Welt hatte immer feste Regeln. Banale Höhepunkte erwachsen zu geschichtlichen Dimensionen. Die positiven Seiten werden durch negative Erlebnisse beseitigt, um Platz für anderes Positives zu machen, dem das andere Negative stehenden Fußes folgt.

Brutus redet von der Werbebranche, als handele es sich bei ihr um Kunst.

„Kunst gibt es nicht auf Kreditkarte, junger Freund. Den Sex gibt es vielleicht auf Kreditkarte, aber nicht die Kunst.

Alles ist in ein Netzwerk des bargeldlosen Verkehrs verstrickt, aber nicht die Kunst. Ja, junger Freund, heutzutage löst die moderne Technik das Geld ab. Es wiegt fast nur noch in den Taschen. Oft schwerer als es ist. Es geht wie alles Schöne vorüber, aber nicht die Kunst, junger Freund. Nicht die Kunst, junger Freund. Jedes Glück geht vorbei. Nicht die Kunst. Die Macht, junger Freund, steckt nur noch im Geruch. Bald wird das Bargeld ersatzlos gestrichen. Als Vorbereitung einer totalen Veränderung. Mag sein, dass auch der Mensch sich dadurch verändert. Seine Impressionen werden auf viel wesentlichere Dinge gelenkt. Das Morgen gehört dem Werben für diese Dinge und dem Vaterland, junger Freund. Die Feste werden gehaltvoller. Vielleicht sogar tiefsinniger. Leiser gar. Das Schweigen mag nun nicht mehr peinlich sein. Das Reden nicht mehr ganz so verlogen. Ausschweifende Sehnsucht macht sich breit. Wie bei der ersten Liebe. Da ist sogar noch Angst, dass sich alles normalisiert. Bessere Zeiten müssen nicht immer gute Zeiten sein, junger Freund. Da sie ja zaghaft sind. Nachts sind die leisesten Tode. Die Ruheminuten. Wo die Augen aufhören zu brennen. Wo die Freude sich um eine Heimat dreht. Die Träne um sie eine echte ist. Stille, junger Freund, ist Größe. Sie ist selten geworden heutzutage. Vielleicht kehrt sie bald öfter zu uns ein. In unsere verzweifelten Labyrinthe. Doch in den Taschen, vergessen Sie das nicht, junger Freund, lauern die Kreditkarten anstelle des Geldes. Wie die Straßen einsamer Städte. Und alles scheint sich zu wiederholen. Da scheint der Mensch nur noch süchtig nach Sensationen, nicht mehr nach Kunst. Obwohl beides nur Surrogate für ganz normale Gefühle sind. Für die zärtlichen, empfindsamen, verletzbaren. Für die einer menschlichen Würde. Wo der Wille sich selber überwindet. Und sich mit sich selber einen neuen Sinn gibt. Wenn auch nur für einen Moment. Um dann ins Niemandsland zurückzuschwappen. Und dort alle Illusionen mit hineinzuziehen. Das Herz krampft sich zusammen dabei. Es will sich wohl klein machen. Es mag keine Knuten und Fuchteln. Und genau das ist unser Geschäft, junger Freund. Die Kunst. Unsere Kunst. Wir tauschen Kunst gegen Kreditkarten ein, junger Freund."

Ich freue mich. Brutus hat mich wohl wiedererkannt. Brutus hat in mir wohl seinen treuen und verschwiegenen Handlanger wiedererkannt. Er gibt mir seine Hand. Er schüttelt sie. Er hat mich eingestellt. Ich soll morgen wiederkommen.

Ich habe eine neue Identität erhalten. Darf jetzt keiner mehr kommen, und sie mir wieder wegnehmen. Auch wenn er selber eine braucht. Dann müsste ich mir wieder eine neue suchen, sonst. Ich brauche eine männliche Identität. Denn eine weibliche würde mich verunsichern. Das bringt Alpträume. Und die sind bekanntlich gemeingefährlich. Alles könnte zertrümmert werden. Und plötzlich hat man eine Schlinge um den Hals. Doch würde ich ganz gerne wissen, wie viel Macht der einzelne Mensch wirklich hat. Wie lange er unbeschwert zu tanzen imstande ist. Wie lange er hungern kann. Sich selber unterminieren. Seine Bildung erweitern. Vielleicht auch seinen Kontostand. Aber behält man seine Identität? Vielleicht indem man sich seine Schamhaftigkeit bewahrt. Oder indem man sie einfach nicht preisgibt. Aber dann bräuchte man ja gar keine zu haben. Sie ist das Bröckeln jeder Maske. Wenn du davonläufst, holt sie dich ein. Mühelos. Ich habe sogar den Verdacht, dass sie dich zwingen kann, etwas zu sagen, was anderen und deshalb auch dir nicht so sehr gefällt. Doch du bleibst bei ihr. Ich bin auch manchmal mit mir identisch. Ich bin geborener DDR-Bürger. Aber noch lange nicht am Ende. Vielleicht sogar erst am Anfang. Ich bin nicht alt, nicht mehr ganz so jung, aber ich bin in dem Alter, in dem man aufbricht. Und ich habe den Blues in den Schuhen. Und habe meinen Hass auf Polizei und Behörden. Ich bin verrückt genug, um ernsthafte Dinge zu sagen, um zu lachen, bin ich ernsthaft genug, wenn andere reden. Die Städte hier sind aus Stein. Gefühle sind noch ein Desaster. Die Kids tummeln sich immer noch in ihren Containerbuchten. Sie werden sich hier nie so fremd fühlen wie all die, die sie durch den Fernseher dabei betrachten. Sie lieben die Schmuddelkinos, die die anderen nur noch ihrer schweren Geschichte eingestehen. Der Aufruhr glänzt in unseren Seelen. Eines Tages bringen wir die Inszenierung auf die Bühne. Ohne vorher Propaganda- oder Cocktailpartys dafür zu veranstalten. Es wird uns überfallen, das bisschen Identität, das wir haben. Wir haben unsere Töne nicht ausgesucht. Was wir sehen, geht über in unser Gefühl. In unser Leben. Nichts kann uns abtreiben. Unser Schweigen ist nur vorübergehend. Der Verstand gewährt uns eine kleine Pause im Rhetorisieren. Ein Fest der Liebe ist geplant, nicht terminiert, nur so in den Köpfen.

Werbung

Brutus leugnet noch seine wahre Identität. Er hat mir gesagt, dass er ein sehr seriöser und ehrenwerter Geschäftsmann ist. Aber ich kenne ihn. Ich kenne ihn gut. Ich kenne ihn schon lange. Kein Mensch sieht sich als Mörder. Er sieht ihn aber in jedem anderen. Es ist Zeit für Hass. Aber Brutus sagt, wir sollten den Menschen das Gefühl einer globalen Liebe geben.

Im Übrigen merke ich manchmal, wie ich Freunde vermisse. Es ist seltsam, aber da ist dieses Bedürfnis, mal zu einem zu gehen, obwohl ich weiß, dass sie nicht mehr in dieser Stadt sind, mich vielleicht für tot halten oder noch in der Klinik wähnen, und dann ist es richtig melancholisierend, dass man nur aus diesem Grunde keinen Schritt mehr zu machen braucht zu irgendeiner Wohnung aus der Erinnerung. Es gibt Tage, an denen wirklich alles schläft. Das waren einst die Tage, an denen ich mit meinen Freunden wach war.

Ich wünsche allen meinen Freunden, dass sie nicht einschlafen. Schließlich sind wir ja Kämpfernaturen! – Das sagt sich so leicht. Wer weiß, ob ich nicht in anderen Situationen längst aufgegeben hätte. Na ja: Manch einer hat eine Frau, manch eine hat einen Mann, jemanden, den man liebt, und neue Freunde. Vielleicht ist die Armee in dieser Hinsicht auch ein Prüffeld für andere. Ich gespannt, wen ich habe, einst, wenn ich eingezogen werden sollte.

Meine Arbeit gefällt mir. Ich habe zwar noch nicht durchschaut, was das Ganze soll, aber es macht mir Spaß. Den größten Teil der Zeit verbringen wir damit, über irgendwelche Projekte zu debattieren. Aber es gibt auch Schattenseiten. Das liegt vor allen Dingen an den anderen, mit denen ich zusammen arbeiten, zusammen debattieren muss. Man ist wahrscheinlich überall in derartigen Einrichtungen wie Schulen oder Betrieben mit der täglichen Heuchelei oder der täglichen Art unbarmherziger und hartnäckiger Kriegsführung mit Attacken gegen die eigene Psyche konfrontiert. Solange man da selber nicht mit rein rutscht – und ich glaube, es ist leicht, sich davor zu bewahren, – kann man eigentlich nur drüber lächeln. Was meine Lehrzeit betrifft, so war ich zumindest im Internat darin völlig integriert, ob ich wollte oder nicht. Da ich damals alles noch nicht kannte, hatte ich ganz einfach Fehler gemacht, die ein Ausweichen vor der knisternden Luft nicht zuließen. Später im Betrieb war ich schon klüger. Allerdings muss ich da auch etwas falsch gemacht haben, denn ich wurde – eigentlich durch mich selber – auf einen Außenseiterposten gedrängt. Man müsste einen Weg finden, der sowohl das eine als auch das andere ausschließt, ohne dass man sich selbst dabei verleugnen muss, so wie Brutus. Aber ich befürchte, da bin ich mit meinem Latein am Ende.

Ich habe jetzt, hat Brutus gesagt, weil ich angeblich so kreativ arbeite, das Recht, über die anderen zu bestimmen. Er hat mich Entscheidungsträger genannt, und das hat er damals, als es um Cäsar ging, auch zu mir gesagt. Jetzt habe ich also das Recht über die anderen. Aber wo mögen die Rechte des Rechtes sein? Vielleicht in der Verlogenheit jeder Aussage, nachdem man sie einmal getätigt hat. Da sie sich einfach nicht überholt. Wie Brutus sagt, eine Grundbedingung der Werbung.

„Was bleibt, ist, dass ein Endzeitgefühl nichts Negatives in sich bergen muss. Weil jedes Ende auch einen Anfang bedeutet.“, sagt der kluge Werbestratege, sagt Brutus.

„Jedes Ende – bislang – billigt einen Neuanfang. So wie jeder Anfang ein Ende voraussetzt für das, was beginnen soll. Nur das ist – scheinbar – logisch. Gerade die Form des Lebens ist es, die uns erhält. Würde sie das nicht tun, wäre die Selbstmordrate eine selbstverständliche Konsequenz eines Bewusstseins der durch sich selbst geprägten Hoffnungslosigkeit. Doch gerade das ist es ja nun nicht. Was uns treibt, kann nur Hoffnung heißen. Da wir Werber Hoffnung verkaufen, sind wir eigentlich der Faden, an dem die Menschheit hängt“, sagt Brutus.

Vielleicht aber hoffen die Menschen auf eine Hoffnung anderer Art als auf die, die uns so leicht über die Lippen springt. Auf eine Hoffnung, die es tatsächlich vermag, uns zu tragen, da wir sie in uns spüren und niemand sie uns von außen her suggerieren muss. Außerdem glaube ich, dass kaum einer wirklich dazu imstande ist. Brutus hat unrecht. Solange man sich noch selber nahe spürt, gibt es ja immer noch jemanden, dem man vertrauen kann. Selbst im dichtesten Nebel vermag man – nur anhand der Konturen – geliebte Gesichter zu entdecken. Aber das ist es doch, was wir erzeugen, würde Brutus sagen, Konturen, geliebte Konturen.

„Die Gesellschaft“, sagt Brutus, „wähnt sich depressiv.“

„Unsere Aufgabe“, sagt Brutus, „ist die, sie davon zu überzeugen, dass sie es nicht ist.“

„Depression an sich ist nichts Reales“, sagt Brutus. „Depressionen sind nur eine Ersatzerklärung für eine andauernde Unzufriedenheit mit sich selber.“

„Zwar gibt es sicher Umstände, die es einem nicht gut gehen lassen, aber die sind eigentlich nicht dazu imstande, jemanden in Depressionen abgleiten zu lassen, es sei denn, er ist dazu veranlagt. Alles andere ist nur Einbildung“, sagt Brutus. „Ja, eventuell sogar übersteigertes Selbstwertgefühl.“

„Wenn uns keiner Schutz geben wird", sagt Brutus, „müssen wir selber Schutz geben wollen."

„Nur so erhält das Dasein seinen Sinn", sagt Brutus.

Ich weiß, dass er Cäsar tötete, weil er glaubte, der Kaiser litte an Depressionen, die ihn und mit ihm auch Rom in den Abgrund gestürzt hätten. Mit Cäsars Hinrichtung hat er eigentlich nur dessen Depressionen geheilt und Rom, allerdings nur für eine kurze Zeit, vor den fatalen Konsequenzen der Depression eines Autokraten bewahrt. Und diese Philosophie hat er nun, heute, auf seine Werbefirma übertragen.

Meine Arbeit macht mir Spaß. Ich bastle Sprüche. Schön, sich der phantastischen Stärke von Sprache nicht mehr entziehen zu können.

Und als der Zigeuner sein bezauberndes Lied sang, damals in Rom, nachdem wir Cäsar glücklich um die Ecke gebracht hatten, fiel ich einfach um und brach mir ein Bein. Das hat mir Brutus damals sehr übel genommen. Ich muss aufpassen, dass mir heute so etwas nicht wieder passiert.

Ich arbeite gut, sagt Brutus, ich sei genial, sagt er. Ich halte mich für kein Genie. Jeder Satz, jedes Wort ist hart erarbeitet. Immer wieder glauben die Leute, besonders die Kunden, man mache das alles mit links, man schüttele alles aus dem Ärmel. Das war früher, als ich Janett noch alles diktiert habe. Und hätte ich diese Form zu schreiben beibehalten, befände ich mich jetzt in einem Zustand der Resignation. Manchmal glaube ich, es ist ganz gut so, dass alles so gekommen ist wie es gekommen ist.

Mittlerweile ist es, von mir fast unbemerkt, Herbst geworden. Herbst muss in der Regel nicht etwas sein, worauf man stolz ist. Ebenso wie Heimat. Der Ruf nach Freiheit gellt in allen Ohren. Es ist das Gefühl, das wir suchen, nicht der Begriff. Ausgebootet begreift man es. Wir wollen sie, ohne sie definieren zu können. Es ist wie mit der Werbung. Sie funktioniert, ohne dass man sie richtig definieren kann. Wir konnten sie gestern noch erfassen, und handelten richtig nach den ungeschriebenen Gesetzen, wir glaubten, uns denen beugen zu müssen und hatten uns doch bloß wieder geirrt. Die Zeit schlägt alles Weitere wieder aus der Hand. Wir nannten die Freiheit zeitweilig auch Liebe, Janett und ich. Das Feuer lodert, aber wir werden nicht zugeben, wie gerne wir da hinsehen. Doch wir lieben den Prinzen und meinen den Frosch, sagte Janett einmal. Ich glaube, das hat sie nicht aufgeschrieben. Das Bessere haben wir noch nie geliebt. Es ist wie in der Werbung. Der beste Werbetext wurde nie geschrieben, aus Angst, es wäre das Ende der Firma, das Ende der Reise. Aber es hat eigentlich wenig Sinn, darüber zu debattieren. Und für das Debattieren werde ich hauptsächlich bezahlt.

Herbstheimat

Wir rufen heilige Sprüche aus dem Osten. Kein Schwanz hört zu. Wieder ist es Herbst in der Heimat. Herbstheimat. Die anderen reden alle zu laut. Die, die schweigen, hämmern böse Blicke schleudernd wie Sargnägel. Sie wurden bestellt. Für sie sind Termine heiliger als flehende Rufe. Was geht sie an das Flüstern und das Schreien. Alles an seinem Platz, alles zu seiner Zeit. Und die Wölfe lauern im Dickicht. Herbstheimat. Durch die Luft schwirren Wahnsignale. Wahnsignale. Wahnsignale. Wahnsignale. Und niemand ist Gleicher unter Gleichen. Und keiner will mehr. Keiner will mehr Michel heißen. Bedenken werden an den Kirchentüren angeschlagen. Die Handbewegungen sind einprogrammiert. Verpasste Schläge gibt es schon lange nicht mehr. Stupide rennen die Tage dahin, selbst die Aufregungen sind geplant. Die Belastungen entsprechen dem Limit in der Normalität. Nur die Wölfe erheben einen eigenartigen neuen Anspruch, von dem noch keiner weiß. Man ist ja schließlich nur dazu da, Begräbnisse vorzubereiten. Nicht wahr, Brutus? Außerdem wird ja sowieso alles mit Fremdwörtern verschleiert. Besonders wenn man vom Ende der Welt plappert. Der Hieb ist im Untergang begründet. Nur sanft soll er sein. Das macht unsere Werbung.

Herbstheimat. Das Zeitalter der Gewalt. Das Zeitalter wütender Nostalgie. Ich habe gesehen, wie ein Adler seine Beute gerissen hat. Während in der Ferne Trommeln dröhnten. Einige schauten echauffiert weg. Zu mitternächtlicher Stunde speien sie ihre Verachtung aus. Gebrochene Herzen verlangen erhöhte Müllgebühren. Frauen lächeln aus einem Traditionsbewusstsein heraus. Männer brummen, sie dürfen das. Keiner hat mehr Lust zu wählen. Der Fluss ist müde, fast versiegt er. Keiner hat mehr Lust, nach dem Telefon zu greifen, wenn ein Kind in der Nachbarschaft um Hilfe ruft. Schon aus lauter Langeweile schlägt man halt öfter zu. Was nützt Härte in einer stummen Gesellschaft? Was sollen die Statistiken, die keine Wunden heilen? Was nützen volle Kühlschränke, wenn das Auge sogar blind ist? Sogar blind ist für Fernsehshows. Was nützt es einem, dass es ihm besser geht, wenn ihn das nicht mehr interessiert? Was denn noch alles aufbauen und zusammenzimmern? Die Schamanen reiben sich die Bäuche mit Honig ein. In den Sümpfen kochen Leichen an ihrer Wiederauferstehung. Kinder halten im Spiel inne. Selbst Babys verstummen plötzlich für Sekunden. Poltergeister kichern, die Müllfahrer fluchen. Der Kaffee ist noch heiß, ich könnte mir die Finger verbrennen. Wenn man nun keine Heimat hat? Wo kriegt man eine her? Zwischen all den Lieben. Zwischen Sonne und Regen. Ach, woher nur kam mein Geist? Geboren, um zu suchen. Er ist rege und munter. Er ist geschlechtlich neutral. Etwas musikalisch. Manchmal schmerzt er mich einfach. Besonders wenn ich an den Adler denke, an all die, die ihn gesehen haben und nichts sagen. Sie leben mit einem Wissen, das sie aushöhlt. Wissen ist eine Farbe, die sich über die Augen legen kann. Wissen macht, dass man alles anders sieht als vorher. Das macht unsere Werbung.

Wieder ist es Herbst in der Herbstheimat. Brutus doziert und sieht über uns hinweg, als wären wir seine Schüler. Wir hören ihm ja sowieso nicht zu. Sein Herz brennt, doch das Feuer in seinen Augen ist verschwunden. Der Himmel hängt düster vor den Fenstern. Ein Papierflugzeug fliegt durch den Raum. Nein, heute treffen seine Worte nicht ins Schwarze. Und seine Gedanken sind so weit weg. Sein Kreuz schmerzt ihn. Seine Seele ist ermüdet. Aufbruch und Niederlage. Und doch versucht sich irgendeine Dampfturbine in ihm in Bewegung zu setzen. Im Rhythmus eines faszinierenden Chaos. Ich frage mich, wann Cäsar wohl auftauchen wird in diesem Spiele, und wie er sich dann wohl nennen mag.

Herbstheimat. Das Zeitalter der Gewalt. Polizisten überall. Automatengesichter. Keine neuen Augen. Alles bleibt reich an Unwissen. Mondbehelmt. Einsame Helden. Die alles wissen wollen. Tun, was nicht sein müsste.

Herbstheimat. Das Zeitalter wütender Nostalgie. Manchmal beginnt Brutus mit mir zu spielen. Dann bin ich für ihn das Feuer. Das seine Augen und seine Sinne blendet. Es brennt seine Erinnerung aus dem Gedächtnis. Doch ganz zum Schluss, kurz vor dem Verlöschen, werde ich mich als Blitz zu erkennen geben, als den, der weiß, wie herrlich frisch geschliffenes Eisen funkeln kann. Und alles wird in tiefe Meditation versinken.

Wieder ist es Herbst in der Herbstheimat. Jeder ist ein Teil der Welt. Und man weiß nicht, wohin mit sich. Mit seinem Geld. Ein märchenhafter Zauber ist niemandem vergönnt.

Wieder ist es Herbst in der Herbstheimat. Sanfter Nebel, durch das Fenster gezogen, streift gütig mein grünes Gesicht, das die Hand nicht mehr sehen kann, bis Kaffee, gefiltert, mich beruhigt.

„Na, wenn der Kaffee wenigstens gefiltert ist.", sagt Brutus und nimmt auch einen Schluck davon.

Alles ist in ständiger Veränderung. Schatten steigen und fallen. Alles rennt ums Überleben. Wir holen alles nicht ein. Worte verblassen schnell. Auch Engel stürzen ab. So wie Janett, schreib das auf. Dann ziehen sie sich zurück. Wie Janett, ein brennendes Haus. Da führt kein Weg mehr rein.

Die fühlen sich unnütz mit gebrochenen Flügeln. Vor allen Dingen allein gelassen. Die Wahrheit ist eben hart, ist der Boden, auf den man fällt. Da wird das Wochenende schnell wieder zum Alltag.

Das Zeitalter der Gewalt. Fremdländer sind unwillkommen. Auch wenn sie uns Blumen schenken. Was soll das Leben unter Ausgrenzung? Warten auf eine Eruption? Traurigkeit durch Nichtannehmen fröhlichen Andersseins. Wie Warten auf den Tod. Kein Echo des Lebens. Keine Macht zu erlangen. Wasser schöpfen gegen den Durst.

Herbstheimat. Der Diskant schwimmt durch den Äther, verdichtet die Sphäre, den Schleier zur Mystik, wo ausgestreckte Hände, wie Fangarme eines Polypen, wehend die Erkenntnis suchen, weit weg sein wollen im blechernen Gesang der Sirenen vor den Bergen über den Industrieanlagen, bis endlich das Licht auftaucht. In keiner Flitterfarbe, sondern in einem unbekannten, aber nicht spektakulären Spektrum, dem Spektrum der Berührten, der Berührbaren, eine unbekannte Sache auf diesem Planeten. Die steht geschrieben in der Geschichte der Mayas, das Martyrium der Ägypter. Gefaltete Hände gen Himmel – die Kunst der Menschheit, von der nur die Menschheit weiß. Das Englein mit dem Skaphander. Und unbewusst sucht der Mensch in sich das Vollkommene. So wandert der wehmütige Blick ins All, aus dem Röntgenstrahlen ihre Last schleudern. Es ist allmächtig. India, wer schuf die Kraft, die keine Wissenschaft beweisen kann: Das Sanskrit der Toten.

Das Zeitalter wütender Nostalgie. Die Straße führt nach wie vor ans selbe Ziel. Ich kenne diese Wege zur Genüge.

Herbstheimat. Metallische Laute dringen von draußen ins Zimmer. Ganz regelmäßig. Ich weiß nicht, was das sein soll. Es beginnt zu nerven. Ich schließe das Fenster.

Wieder ist es Herbst in der Herbstheimat. Ab und zu muss man mal was Verrücktes machen. Ich meine keine Orgien. Die mag ich nicht so sehr. Zum Schluss bin ich immer betrunken und weiß nichts mehr.

Cäsar will nicht kommen

Cäsar will nicht kommen. Ich sehe es Brutus an. Ihm geht es wie mir. Ich möchte alle leiden lassen. Und selber dabei ertrinken. In Liebe zum Hass.

Ich warte. Jeder kann selbst entscheiden, was aus ihm wird. Da gibt es tausende Möglichkeiten. Kleine und große. Die Seiten kann man oft genug wechseln. Bücherseiten sind leicht umzublättern.

Ich war immer frei. Ich kann meine Gedanken oft schlecht ordnen. Was ist schwarz, was ist weiß? Alles ist anders als vorher. Den Dreh habe ich noch nicht raus. Alle Gefühle, die ich hatte, haben mir genützt oder geschadet. Es geht auf das Herz. Und vielleicht in Ordnung. Bis ich dahin zurückkehre, wo ich einst ward. Viel wird es nicht. Manchmal fühle ich es körperlich, dass ich hier wieder weg muss, weg von Brutus, weg von der Werbung. Noch geht es nicht los. Ich habe schon eine Menge Scheiße gebaut. Kriegte nie, was ich wollte. Und Cäsar will nicht kommen.

Egal, was ich bis jetzt getan habe, ich merkte immer wieder, wie wenig ich weiß. Auch Gewalt kann sanft sein, wie unsere Werbung. Wenn sie gedanklich ausgeführt wird oder in die

Gedanken transponiert wird. Man wird gewalttätig irgendwann, mit geschlossenen Augen sozusagen, und weiß nicht einmal warum. Ist es das, was Brutus will? Ist die Werbung das Messer, das ich diesmal für ihn zu schleifen hatte? Doch auch Brutus kann sich einer gewissen Gewalt nicht entziehen. Ich meine das Älterwerden. Das kann keiner aufhalten. Man weiß, wann es soweit ist und man in den weißen Saal gefahren wird. Da versteht man den Sinn der Welt. Und endlich passiert etwas. Man braucht nicht mehr lange zu warten. Daran kann ich glauben. Das Ufer ist zu sehen. Sonne scheint nach langer Zeit. Wehrlos bin ich, doch ich fühle mich gut. Ich gehe nach Hause. Versöhnt. Neue Wege gehen. Sicher wieder zu weit. Ich bin halt doch nicht cool. Die Tür fliegt zu. Blumen blühen weiter. So lebt das Leben in sich. Noch gehöre ich dazu. Solange ich bleibe. Aber Cäsar will nicht kommen.

Brutus wird immer unruhiger. Das überträgt sich auf uns alle. Das Chaos ist perfekt. Der Zirkus ist da.

„Nur der kann das Leben bejahen, der es nicht kennt.", sagt Brutus traurig. „Die Straßen sind zu klein. In die letzten Parks fällt diffuses Licht. Die Freiheit bleibt im Verborgenen."

„Was habe ich angerichtet?", fragt Brutus, wenn er glaubt, allein zu sein.

Ich weiß ja, was ihn quält. Cäsar will nicht kommen. Aber noch ist es nicht an der Zeit, mit ihm darüber zu reden.

Ich gelte unter meinen Mitarbeitern als ernsthafter erwachsener Mann. Aber wann wird man erwachsen? Ab wann steht man hilflos zwischen den Schranken? Wann beginnt man hinter die Kulissen zu sehen? Der Mond wird vom lächelnden zum Strichmond. Und man misstraut dem Gewäsch vom Frieden. Sowie dem Gekicher der Mädchen. Zweifel stellen Fragen. Man beginnt, Aussagen anderer zu kontrollieren. Steht dann plötzlich verloren da in seiner Verwirrung. Es wird dunkler in den Gedanken. Und so eine Sehnsucht nach Geborgenheit kommt auf. Unzufriedenheit. Aggressivität. Man glaubt niemandem mehr, verdächtigt alle der Heuchelei. Obwohl man jemanden lieben will. So wie ich Janett einst liebte. Oder auch anders.

Meine Mutter war sicher eine schöne Frau. Sie schützte mich vor der Kälte des Todes. Sie hielt mich nicht zurück, als ich begann, mich nach ihm zu sehnen. Obwohl ich nicht wusste, was an ihm war. Die Liebe, ohne daran zu verbrennen. So wie die Welt es einst tun wird. Es gibt schon lange keine Normen mehr, auch wenn wir es uns täglich immer wieder einreden oder einreden lassen von den Männern bei der Polizei. Und Cäsar will auch nicht kommen.

Ich weiß nicht, was die wahre Poesie des Lebens ist. Vielleicht steckt in dieser Bezeichnung so unheimlich viel drin, dass man gar nicht in der Lage ist, sie zu erklären. Wenn ich richtig darüber nachdenke, komme ich zu keinem Ende. Nur auf so viele schöne Dinge, die uns umgeben.

Ich habe jetzt meine ganze Bank leer gesoffen. Jetzt ist sie pleite. Und meine Freundlichkeit geht zur Neige. Ich fühle mich verfolgt. Berauscht. Aber dieser verdammte Cäsar will immer noch nicht kommen.

Wieso lässt mich dieses Arschloch so lange alleine, und Brutus dazu? Jeder ist, es sei denn, er ist schon festgefahren, bestrebt, die Vereinsamung für sich aufzuhalten, sie zu unterbinden, egal wo. So sucht er nach einem Halt, nach einem anderen Menschen und, ja, man kann auch Freunde dabei finden und gewinnen. Wirkliche Freunde. Auch eine Liebe vielleicht. Einsamkeit bindet mehr als Geselligkeit. Das ist leicht festzustellen. Sitzt man bei einer Party allein gelassen herum, ist man froh, wenn sich jemand zu einem setzt und sich unterhalten will. Noch viel froher macht es, wenn ein wirklich guter Gedankenaustausch dabei zustande kommt, und das ist oft einfacher als man annimmt. Hat man wahnsinnig viele Kontaktpunkte bei einer Party, konzentriert man sich erst am Ende auf eine bestimmte Person und zwar, als Mann, auf das Mädchen, mit dem man gerne schlafen würde.

So sitzt Brutus da bei seinem Betriebsjubiläum. Und ich

auch. Also gehe ich zu ihm. Wir sind so müde. So ohne Farbe. Die Provinz hat uns gefressen. Und unsere Intelligenz. Die zerbrochen ist.

Ich sage zu ihm: „Na, Cäsar will wohl nicht kommen?“, und gebe ihm so zu erkennen, wer ich wirklich bin, und dass ich Bescheid weiß.

Er antwortet: „Wieder mal den Highway abklappern. Vielleicht bis Kanada diesmal. Es ist kein Wunder, wenn ich es tu. Und mir es dort in der Kälte gefällt.“

„Ja.“, sage ich, denn ich verstehe ihn gut.

Schließlich kenne ich ihn ja schon aus einem anderen Leben. Die Gesichter sind verschollen. Das Warten hat kein Ende. Die Einsamkeit ebenso wenig. Und Cäsar will nicht kommen.

Ich sehe Brutus an. Brutus sieht mich an. Ich sehe. Die Kraft ist noch da. Die Kraft eines Kindes.

„Manche Menschen sind Wetterfahnen.“, sagt Brutus dann, „Sie tragen geraubte Lorbeeren ums Haupt. Keck sind sie, die Brüder.“

Ich nicke. Er spricht weiter.

„Ich bin auferstanden. Das Modell des neuen Jahrhunderts. Der Alkohol als Auferstehungsverheißung. Unter dem Tisch die konspirativen Treffen. Der Horizont wird wirklich, wenn er nicht mehr zu sehen ist. Unsere Sprache holpert hilflos hinterher. Wir wissen sowieso nichts mehr zu sagen. Wir sind die verlassenen Ehemänner. Die glücklich Gekrönten. Unsere Seele ist ein einziges Tohuwabohu. Nichts läuft in geregelten Bahnen. Was man ist, kann man nicht werden. Nur das, was man isst."

„Spielst du Harfe?", fragt er mich dann.

„Ich kann kein Instrument spielen. Niemand ist perfekt. Doch was kann ich überhaupt?"

Die letzte Frage wird gestellt. Von Brutus. Sie bleibt im Raum stehen.

„Wann", so lautet die Frage, „wird der Spielraum erweitert?"

Eine gefährliche Frage. Als hätte jemand eine Reform verlangt. Damals unter Cäsar hatte er dieselbe Frage gestellt. Als hätte man den Kopf der Königin gefordert. Und wir wissen ja alle, was daraus geworden ist. Eine Stimme hat sich erhoben. Und Cäsar will nicht kommen. Die Nacht hat sich zum Tag gemacht oder umgekehrt. Ein Gesang ist von ferne zu hören. An gedeckten Tischen klappert Besteck. Doch über all dem liegt ein Schatten. Cäsars Schatten.

Sicher ist jetzt die Zeit der Selbstbekenntnisse. Man sucht sich überall. Doch Diamanten kommen nicht allzu oft vor. Es ist das Wunder der Liebe. Sie macht nicht still, im Gegenteil. Ich glaube nicht, dass man blind werden muss, wenn man liebt. Man kümmert sich doch weiter um sich. Auch wenn man anfangs nicht genau weiß, was mit einem los ist. Es ist Unsinn, dass man sein Leben oder sein Herz verschenkt. Dazu weiß man zu wenig. Sonst bleibt ja nichts, wenn alles wieder vorbei ist. Man sollte nicht alles geben, wenn man liebt. So vermeidet man eine Menge Ärger. Versteht ihn auch besser. Und verhindert Magengeschwüre. Und nutzt gleich die nächste Chance. Wieder geht man Hand in Hand durchs Land. Und hat vielleicht diesmal etwas mehr Zeit. Aber nein, wir sind ja nicht cool. Wir würden es gern sein. Und können keine Befriedigung kriegen. Neblig ist es in uns. Wieso bin ich nicht darauf gekommen, dass Cäsar als Frau wieder erscheinen, Sabine heißen und Volontärin in Brutus' Firma sein würde? Und dass er genauso aussieht wie Janett.

Sabine

Ich bin richtig begeistert von mir. Ja, ich treibe mich geradezu in eine Euphorie. Alle schweigen, wenn sie mich sehen. Alle singen mit im Refrain.

With a little help from my friends

Da verstehen wir alle Krankheiten. Alle Gefahren in der Dunkelheit. Wer mitsingt, sitzt mit uns in einem Boot. So machen wir uns gegenseitig verrückt. Ein paar Flirts lassen wir natürlich nicht aus. Da sehen wir unsere Umwelt nicht mehr so schwarz. Und haben Grund, auf eine Insel zu hoffen. Wieder auf eine Insel zu hoffen. Also fahren wir weiter. Die Sonne scheint ja auch so schön. Die Erde dreht sich ja schon lange. Wir fühlen uns in Sicherheit. Meile für Meile tasten wir uns vorwärts. Auch wenn wir nicht wissen, wohin. Hauptsache, es verrät keiner, dass die Kohle nicht mehr reicht. Die Sonne schickt sich an unterzugehen. Jetzt beginnt ein anderes Kapitel. Ich muss Sabine vor Brutus und seinen Mordplänen warnen. Und mit ihr fliehen. Weg von der Party. Weg von Brutus. Weg von seiner Firma.

Die Flucht

Viele Wege sind noch offen. Wir rennen um unser Leben. Wir wollen es so.

Die Metzger wetzen die Messer. Die Häuser sind besetzt. Die Herzen sind von den Toiletten gerissen worden. Monde wurden darauf gepinselt. Und gekreuzte Äxte. Anarchie und Pop-Romantik. Freiheit mit Langeweile gepaart. Lust empfangend. Bilder an den Wänden inspirieren. Das Lachen ist geboren. Die Trommeln schlagen. An den Kreuzungen streiken die Ampeln. Ein Singen geht um. Der Konditor schläft. Tanzende Völker besingen fremdartig ihre süßen Toten. Ein neues Leben. Nix mehr mit Rumhängen.

Ich sitze mit Sabine am Straßenrand und wir betrachten die Sterne. Der Mensch und seine seltsamen Beziehungen zu den Sternen. Das menschliche Antlitz des Mondes – der Gott. Einer muss ja das Opfer sein. Einer muss sterben, um Überleben zu garantieren. Auch der Tod ist etwas Nützliches. Er ist das bestimmende Faktotum des Lebens.

Sabine sieht aus wie eine Rose. Mir ist eine Rose lieber als Stahl. Ich kann beides nicht bezahlen. Meine Schuhgröße reicht nicht aus. Der Jüngste bin ich auch nicht mehr. Außerdem bin ich kurzsichtig. Sabine ist weitsichtig. Tanzen kann ich auch nicht. Gedient habe ich auch noch nicht. Große Verdienste noch nicht errungen. Mir fehlt eben das Selbstvertrauen. Wie sollte ich dann Sabine-Cäsar beeindrucken können? Ich würde nicht einmal jemanden schlagen. Und Sabine, das hat sie mir gesagt, möchte geschlagen werden. Mir fehlt es an Erfahrung im Umgang mit Frauen. Ich wüsste auch auf Anhieb keine, der ich mein Vertrauen schenken könnte, außer Sabine, weil sie ja Cäsar ist. Vielleicht ist sie eine, die weiß, was sie will. Vielleicht ist sie eine wie Janett, die nicht weiß, was sie will, aber alles aufschreiben kann. Wollte, konnte. Ich weiß es nicht. Ich meine ja nur. Immer muss ich so einen Unsinn erzählen. Selbst beim Anblick der Sterne. Dabei sind die Dinge so einfach. Einfach wie die Werbung. Die Geschäfte haben geregelte Öffnungszeiten. Und es steht auch etwas in den Regalen.

Sonst nehme ich das, was das Leben mir schenkt, und das ist in keinem Fall sehr viel. Musik hat schon seit Jahren keiner mehr ernsthaft gemacht. Es geht ums Geld. Und mir geht's um mich.

Ich erzähle Sabine die ganze Nacht lang, was ich weiß. Es lebe die achtbare Gelehrsamkeit. Es leben die belesenen Nächte. Es lebe das Gefühl von schläfriger Erfahrenheit. Das Fehlen dessen, was man noch nicht gelesen hat. Das ist schlimm. Und das Herz gebrochen. Die Augen glühend vor Übermüdung. Lernen ist eine lebenswichtige Notwendigkeit. Das Fundament der Macht. Der Größe. Des Bewusstseins. Eine Fabel von Schmetterlingen im Kopf. Ein Spaziergang täte not. Schönheit genießen. Selber schön sein. Bis das Herz sich vergrößert. Das Laufen muss täglich neu erfahren werden. Das Teuflische hat Lust zu lachen, wenn es in Erscheinung tritt. Ich brauche viel Zeit. Das Leben muss wachsen. Man muss sich schlagen lassen. Wenn man weiß, muss man sehen. Was man im Kopf hat, muss man gesehen haben. Hungrig ist nur der Bauch. Jeder ist ein Teil eines anderen Lebens. Lust ist etwas Unbestimmtes. Ich habe große Lust zu lachen. Mit einer Zigarette im Mund. Einem Garten in der Nähe. Was ich fühle, kann ich mit meinem Wissen vereinbaren. Das Lernen ist ein Spaß für sich. Das Gefühl zu fallen ist nämlich das Gefühl zu fliegen. Ich denke an all die Frauen, die ich schon gekannt habe. Aber nun fällt mir nur noch Oberflächliches ein. Zuwenig Wissen über sie.

„Ach, Schwester“, sage ich zu Sabine. „Lach nicht. Auch du warst vergänglich, und bist es noch. Als Sklavin des Universums.“

Wir müssen geschlafen haben. So müde waren wir von uns. Rot leuchtend steigt die Sonne hervor hinter den Bahngleisen. Der Morgen kündigt sich romantisch an. Und mit Kopfschmerzen. Tränkt die ganze Umgebung mit seiner Farbe. Er scheint mich zu berühren. Ich versinke in ihm. Der Wind schleicht sich auf Umwegen zu uns heran. Er spricht mit uns eine Weile in seiner eigenen Sprache. Eigentlich singt er. Vielleicht will er uns sogar verführen. Oder entführen. Aber wir können nicht mit ihm mit. Wir müssen uns ein Zuhause suchen. Der Himmel grinst unverfroren. Er feiert sich. Sein Spiegelbild vibriert über dem Rest des Meeres, an dem wir geruht haben. Ein herrliches Gefühl. Das Sterben. Ein hübscher Spaß. So etwas kann man nicht erfinden. Verrückte Geschichte. Die Scham ist verschwunden. Die Räume sind geborsten. Die Nächte sind erhellt. Und die Träume fliegen mit uns mit. Unser Lachen ist wie neu. Es ist unendlich geworden.

Ein Paar

Wir leben zusammen in einer gemütlichen geräumigen Wohnung und diskutieren beim Abendbrot über Geschichte. Cäsar, der nun Sabine heißt und eine sehr schöne Frau ist, und ich.

„Müntzer, war er ein Ketzer? War er ein Revolutionär, der große Bauernführer? Wollte er nur seine Wahrheit siegen lassen? Und was hat er erreicht?"

„Dass man ihn gerichtet hat wie viele andere vor ihm. Wie auch Cäsar."

„Was wird er gedacht haben, bevor er gefallen ist? Was wäre die Welt ohne ihn? Was ist sie durch ihn?"

Sabine sagt: „Es ist bald unsere Zeit gekommen, ebenso zu handeln. Wir werden uns rüsten. Zögerlich, aber immerhin. Wir haben einen Schatz zu verhökern: Die Vergangenheit. Und einige Fehler wiedergutzumachen. Unsere Kultur zu erneuern, die alte römische. Die letzte Reform werden wir einläuten, bald. Sie wird nichts wert sein, das wissen wir. Man kann nichts sagen. Man kann nichts glauben. Alles macht sich einfach glaubhaft. Alles verjährt. Alles wird vergessen. Schönes bleibt haften."

Und nun sind wir ein Paar, der Kaiser, die Frau, und ich, der Gehilfe seines Henkers, der wohl immer noch auf sein Opfer wartet. Nichts Wahrhaftes bleibt im Gedächtnis. Dunkel bleiben dunkle Flecken. Nur Kinder weinen richtig und verlassene Frauen. Mitternachts beim abgestandenen Bier. Im angegrauten Abendkleid. Einem ungewissen Geschmack unterliegend. Allein – es regiert das Leben. Es kennt seine Gesetze. Es hält sich an sie. Freiheit ist ihm fremd. Wir wollten frei sein und sind nun ein Paar in einer gemeinsamen Wohnung, an uns gekettet. Und doch sind wir reich dadurch geworden. Der Morgen nur flieht aus dem Reich der Wünsche, wenn wir uns, trotz unserer grandiosen Flucht damals, in Brutus' Werbehöhle begeben. Abends haben wir das wieder vergessen. Der Soul ist stärker. Wie allgemein jeden Abend, wenn wir über Geschichte diskutieren. Die Zukunft, unsere Zukunft, ist offen wie eine Wunde.

Es arbeitet sich gut in Brutus' Haus. Es ist meine Aufgabe, die passenden Sätze zu den unpassendsten Produkten zu finden. Sabines Aufgabe ist es mittlerweile, dafür Geld einzutreiben und das Geld zu verwalten. Ich spiele gerne Detektiv. Mein Gedächtnis ist sehr gut gestylt. Ich kenne das Leben, die Sau. Mir macht so leicht keiner was vor. Ich kenne mich aus in den Nächten. Jeder meiner Schlüssel passt irgendwie zu Sabines Tür. Ich kenne die Welt, ich habe schon viel gelesen. Es gibt auch viele Betten in diesem Land, zu denen meine Schlüssel noch passen könnten. In meinen Gedanken dringe ich wie Gammastrahlen durch alle Wände. Alle Wege sind durchschaubar. So klein sie sich auch machen. Jeder geht sie. So bin ich zufrieden. So als Paar.

Wenn man ein unausgeglichenes Leben führt, sehnt man sich immer mal ein wenig nach Ausgeglichenheit. Nach Frieden für die Seele, um die Seele zu entdecken, und was entdeckt man meist dabei: Man bräuchte auf alle Fälle immer wieder ein wenig Unausgeglichenheit, um seiner Seele nahe zu sein. Man kann natürlich auch schlafen, viel essen oder gar nichts. Man kann alles tun, um zu vermeiden, dass man seine Seele entdeckt. Denn immerhin ist es mit der Seele, ähnlich wie mit dem Frieden, ein eigen Ding. Sie selbst nämlich sind unausgeglichen, beide. Und woran liegt das? Zuviel unerfüllte Sehnsüchte und Wünsche. So kann es ja nichts werden auf die Dauer. In der Großstadt sehnt man sich nach etwas Romantik, auf dem Lande hat man spätestens nach ein paar Wochen Ruhe Lust auf Angebote, die die Langeweile vertreiben könnten. Jeder Mensch ist so schlecht und so gut wie er sein eigenes Tun beurteilt. Zerrissen wird man nur dann, wenn man gar nichts tut. Doch auch wenn man etwas tut, neigt man schnell zur Übertreibung. Die Spanne zwischen Euphorie und Depression ist so klein, dass sie eigentlich gar nicht als Spanne zu bezeichnen ist. Die größte Angst ist wohl in allem die, von den anderen vergessen zu werden. Andererseits ist das auch eine der prägendsten Wunschvorstellungen. Welch qualvoller Gedanke: mit seinen Problemen und Überlegungen sich allein überlassen zu sein. Aber nur so wird man herausfinden können, wer man oder was man eigentlich ist. Eine Zeitlang tut das wohl not. Aber dann? Ich sehnte mich eigentlich nach der Wiederkehr Cäsars. Und was fand ich dann, als er kam? Eine Frau. Aber vor meinen Augen erscheint dann immer wieder nur ein störrisches kleines Kind, das sich einfach nicht entscheiden kann, ob es lieber mit dem Teddy oder lieber mit der Puppe spielen will, beides unter seinen Armen trägt und sich wundert, warum weder der Teddy noch die Puppe es ansehen. Wo es sie doch so linkisch festhält, dass es sogar Gefahr läuft, beides aus den kleinen Armen rutschen zu lassen, denn die Hände, die will es auch noch frei haben, denn da könnte ja noch etwas hineinpassen. Obwohl es keine Ahnung hat, was. Heute früh wurde Brutus' Leiche aus dem Fluss gefischt.

Nun sind wir beide, Cäsar und ich, die unumschränkten Herrscher im Werbereich, und die Geschichte hat sich, so wie wir es lange geplant hatten, umgekehrt. Wir repräsentieren eine neue Rasse. Wir haben keine Farbe. Wir haben Worte. Wir verwerten die Reste. Und knallen uns einen kräftigen

Rock'n Roll rein, was zu Brutus' Herrschaftszeiten im Büro strengstens verboten war. Wir machen Werbung, und wir machen Skandale. Wir machen Werbung für die Skandale. Wir sind ein herrliches Paar.

Auf dem Tisch liegt so etwas wie ein Abschiedsbrief von Brutus. Er lag irgendwo versteckt unter dem Haufen all der unerledigten Aufträge. Eigentlich müsste ich ihn der Polizei geben, die sich noch nicht ganz schlüssig ist, wie der nette Mann mit dem Lederschlips sagte, ob es Mord oder Selbstmord war. Ich weiß nicht. Wie oft ist es doch so, dass man einen Brief liest und ihn dann gleich wieder weglegt, um ihn irgendwann, so in den nächsten zwanzig Wochen, zu beantworten.

Langsam begreife ich Brutus' Strategie. Er war nicht einmal sein eigener Herr. Selbst Werbebosse scheinen nicht ihre eigenen Herren zu sein. Nun begreife ich, was sich da abgespielt haben muss, von Unterlage zu Unterlage mehr, die Sabine mir geordnet anschleppt. Es war ein neuer Krieg. Unter namenlosen Bedingungen. Irgendwo hat einer den Befehl gegeben. Es gibt genügend, die dann bereit sind.

Es ist eine alte Geschichte. Sabine, die als Cäsar schon sehr viele Schlachten geschlagen hat, hat sie mir erklärt.

„Wenn wir etwas gewinnen wollen, müssen wir viel verlieren."

Bei mir ist es die Gesundheit – welch abstrakter Begriff, die sich verabschiedet hat, und das Wesen einer Art Zufriedenheit ist mir neuerdings fremd. Ich will nicht arrogant sein, aber Zufriedenheit halte ich eh für überaus sinnlos. Allerdings habe ich keine Angst, kleinmütig zu werden. Was mich so oben hält, stimmungsmäßig, ist die Gewissheit, ich belüge die anderen nicht, weil ich mich nicht selbst belüge. Wenn ich jemandem sage, ich halte ihn für dumm, dann kann ich mir eigentlich sicher sein, dass ich ihn auch tatsächlich für dumm halte. Ich bin sowieso immer misstrauisch gegenüber standardisierten Gesprächen.

Ich bin müde geworden beim Übernehmen des gesamten Geschäftes. Ich versuche, mich mit bunten Bildergeschichten abzulenken. Aber die Comics gefallen mir nicht mehr. Ich gebe mich geschlagen. Niemand malt eine Geschichte über mich. Vom Gehilfen des Henkers zum Boss des Opfers. Meine Liebe wurde übermalt. Mit strahlenden Gewehren.

Liebe ist für mich eine Art Blindheit. Ich ziehe es vor, sehend durchs Leben zu gehen, und nur hier und da mal ein Auge zuzudrücken. Aber wie soll ich das meinem Cäsar beibringen?

Der hält mir als Sabine von Tag zu Tag, von Nacht zu Nacht, immer enthusiastischere Vorträge über die neue Umwandlung der Welt in ein Römisches Reich.

„Die Zeit braucht neue Formen“, sagt sie dann immer. „Zum Beispiel nukleare Formen. Ohne Kontrolle. Die babylonische Ära ist längst schon Geschichte.“

Ich wage es nicht, sie, Cäsar, zu fragen, ob die römische Ära nicht auch schon Geschichte sei. Schließlich war ich es, der Cäsar in Sabines Gestalt wiedererweckt hat. Nun muss ich wohl die Folgen tragen, wenn ich sie auch nicht kenne.

Aber ich weiß, wie das alles enden wird. Mit uns als schönem mörderischem Paar. Eines Tages mit dem Rücken zur Wand. Und die Welt von vorne. Das Unglück ihrer Existenz im Auge. Die Anmut ihrer Gesänge im Ohr. Sie droht mit Waffen. Die schmecken nicht gerade süß. Plötzlich will ich alles einfach sehen. Und singen dabei. Eiswürfel speiend. Die werden überdauern. Alles, was Ursprung ist, hat Chancen. Das Morgen gehört uns nicht mehr. Wir wissen das eigentlich. Und hoffen, wir hätten unrecht. Es wird wohl ein Märchen bleiben. Ohne Niederlage gibt es keinen Sieg. Kampf ist kein Spaziergang. Zeit ist nicht existent. Einsamkeit ist ein innerer Zustand. Er ist Langeweile. Wir brauchen Ziele für unsere bösen Worte. Objekte für unseren Fanatismus. Der neu schmecken muss. Und nach Größe. Er soll uns erziehen. In unserem Sinne. Es gibt keine Stummheit mehr. Sie würde auch nichts mehr nützen.

Ich habe es heute Cäsar, Sabine, gesagt.

„Wir sollten unsere Gefühle nicht verstecken. So groß ist unser Verstand auch nicht, um sie zu überlagern. Wir lächeln oft zu leise."

„Was soll das Gerede?", habe ich meine alten Herrscher und meine neue Herrscherin gefragt, „von Moral und Traditionen. Werfen wir den Quatsch doch über Bord! Das Chaos sind wir selbst. Was passiert, kann nur durch uns passieren, jetzt, wo Brutus tot ist."

Sie hat mich angesehen, als wäre ich ein Fremder. Kaffee mit Zucker. Und alles war anders auf einmal. Bis zum Erschlagen. Die Zeit ging immer noch voran. Und die Supermänner trotteten immer noch hinterher. Sie sind schwach geworden. Wortlos waren sie eh.

„Das war unser Fehler.", sagt Sabine jetzt. „Wir haben das Weitergehen vergessen. Vielleicht sogar die Richtung verloren."

„Was hindert uns daran", fragt mich Cäsar, „über unseren Schatten zu springen? Der Platz, auf dem wir stehen, ist nicht der Bequemste. Doch das erzählt uns ja keiner. Die Stimmen der anderen sind milde. Das macht einen guten Eindruck auf uns. Da würden wir gerne tanzen, doch sind uns die Füße eingefroren."

„Ich kann nicht tanzen", antworte ich leise.

„Und wir wissen nicht, ob das gut für uns ist", entgegnet Sabine, als hätte sie mich nicht gehört.

„Das brodelt in unseren Köpfen“, sagt Sabine. „Erinnerungen, blass, aber bestimmt. Wir können sie hören, leise und wach. Unaufhaltsam schieben sie sich in unser Gedächtnis. Da schmilzt das Eis an unseren Füßen.“

„Ja“, sagt Cäsar, „es ging und es wird wieder gehen. Die Tage werden lauter.“

„Entschuldigt“, sagt er. „Ich suche ein Zuhause.“

Der Alte sagt das, unser Alter.

Das Alter

Immer wieder lese ich den Abschiedsbrief von Brutus, den er auch im Computer abgespeichert hat. Ein Brief kann schön sein. Er kann auch hässlich sein. Die wenigsten Briefe benötigen Konzentration, noch weniger benötigen Zeit, um in sie eindringen zu können. Ein Brief kann mitunter sogar hilfreich sein. Zumindest, ist er nicht nur oberflächlich verfasst, sagt er eins: Da ist jemand, der sich mit einem anderen beschäftigt, der einem anderen etwas zu sagen hat. So weit, so gut. Aber an wen hatte Brutus seinen letzten Brief gerichtet?

„– es hört nie auf zu beginnen
ein offenes wort
ein offenes auto
eine allianz, die aufgehen könnte
und ein höhenflug ohne gott
nichts macht nichts hell –“

Merkwürdige Sätze.

„Ich habe keine Lust mehr zu arbeiten. Irgendwie fühle ich mich alt. Aber der Rhythmus aus dem Radiowecker lockt mich morgens aus dem Bett. Was für ein Gefühl bemächtigt sich meiner? Das Alter? Was ich träume, will ich alles wirklich. Ich rede nicht gern über meine Träume. Sie verfolgen mich, quälen mich mitunter. Ich bin nun mal hier und bleibe wo ich bin. Das soll übrigens keine Liebeserklärung sein. Aber auch kein Hassausbruch. Eine Feststellung eben. Ich schlafe einfach sehr schlecht. Aber ich weiß nicht warum."

Merkwürdige Sätze.

„Das Leben kann mit Gewinnern nicht umgehen."

Merkwürdige Sätze.

„Immer wieder neue Aufgaben. Ach, wie mögen wir die antiquierten Formalitäten. Jetzt wird losgelegt. Wozu auch die Nerven aufreiben an unnötigen Kleinigkeiten. Sonst verliere ich mich ja darin. Wozu habe ich mich von allen Rechenschaftsverpflichtungen befreit? Doch nicht, um mich bevormunden zu lassen. Mir soll keiner entkommen. Aber ich entkomme dem Alter nicht."

Merkwürdige Sätze.

„Flucht in die Religion. Flucht zu Gott. Zum Verzeihen. Eine Arche Noah als Buddelschiff. Der Komplex zu helfen."

Merkwürdige Sätze.

„Wo ist das Paradies? Dieser biblische Geburtsort der Menschheit. Kann man dorthin zurückkehren, von wo man einst gekommen ist? Wäre das nicht ein absolut neuer Anfang? Doch sind erfüllte Sehnsüchte nicht das Ende? Wer weiß."

Merkwürdige Sätze.

„Die Zeit ist ein irreales Fest. Mit Fisch gefüllt. Von Liebe erfüllt. Die Wahrheit ist geflohen. Vor Müll und Dreck. Und um Tresen lallen volle Gläser. Ihr Inhalt ist das Heiligtum. Die Soldaten streiken, weil sie besoffen sind."

Merkwürdige Sätze.

„Ich suche so viel an einem Tag und es bleibt so wenig. Einiges bleibt mir im Gedächtnis haften."

Merkwürdige Sätze.

„Die letzten Gedanken sind nicht mehr zu verscheuchen. Waren es Träume? Mitten im Regen. Kein blauer Himmel spendet Trost. Graue Farben werden laut. Sie verletzen mehr als Worte. Einsame Inseln gibt es schon lange nicht mehr. Und es wird bitter zu suchen. Schöne Betrügereien sind als Fallen aufgestellt. Was ist schon alles in uns zerbrochen. Nichts bleibt von all den Idealen. Nur ein paar verblühte Blumen. Geschwätz hat sie erschreckt. Das Geschwätz vom Fortschritt. Fortschritt ist Abschied. Maschinen als vorrangiges Fortschrittssymbol der Menschheit. Vibrationen eines Vibrators. Jeden Tag dieses Sterben. Eine Begrüßung aus dem Zauberkasten. Monopoly um Freunde. Mich dürstet, doch niemand liebt mich. Um sie herum Licht. Sie selber Schatten. Irgendein Antragsformular im Aktenkoffer. Kaltes Kalkulieren. Hässlich sind die Menschen geworden. Professorenkandidaten. Ihre Phantasien sind auf Rechnungen begründet. Wer nicht rechnen kann, besäuft sich. Alle sterben an gebrochenem Herzen. Keine Rose tröstet sie mehr. Keine Träne mehr übrig für die Welt. Jetzt möchte ich Rattenfänger sein. Ich bin total zufällig gescheitert. Ich habe einfach meine Liebe nicht getroffen. Der Blues war zu laut. Doch nun, hoffe ich, wird alles anders werden. Einsamkeit scheint die wichtigste Voraussetzung für Kreativität zu sein. Und Lieder, die die Zweisamkeit besingen. Welch Grausamkeit. Das ist der unterste Standpunkt der Freiheit. Der Staat wird zum Neutrum. Das Land Egalité. Größe des Geistes. Selbst der einer Fliege."

Merkwürdige Sätze. Aber.

„Die Leute reden viel. Und denken wenig nach dabei. Sie sind sich alle gleich mit ihren Gartenzwergangelegenheiten. Keiner kann sich halten, wenn er etwas Neues weiß. Die wissen wenig von dem, was sie sagen. Sie sind so erzogen durch sich. Sie haben es nie anders gewusst. Doch des Abends legen sie sich zur Ruhe."

Merkwürdige Sätze. Aber ich ...

„Sie überfallen mich mit ihren Riesenaugen. Ich habe keine Chance auf Stillstand. Den wollte ich auch nie. Ich bin unzufrieden. Mein Schweiß rinnt zäh. Der Himmel kratzt mich am Kopf. Das Land sehnt sich nach Freiheit von Regierungen. Die autonomen Kids haben nun null Bock auf Macht. Sie kennen die Herren nicht mehr, die sie jagen müssten. Die Kommandozentrale hält Siesta. Wer hat sie so müde gefoltert? Mittagessen legt sich über den Tag. Die Zeiten der Religionen sind vorüber. Es wird Zeit, dass es Nacht wird. Wenn man doch auf den Abend warten kann. Ohne bezahlen zu wollen. Für all die verlorenen Lieben und Sehnsüchte. Keine Hilfsorganisation erklärt sich dazu bereit. Die Frau im Manne hat das Kind im Manne verdrängt. Das Weib, es geifert uns noch tot. Der Mann war nie Mann, doch das werden nur Männer begreifen. Ein großes milieugeschädigtes Kind mit einem ungeheuren Minderwertigkeitskomplex. Der Anspruch ist letztlich der, geliebt zu werden. Sein Guru ist Zärtlichkeit: das Lager des Krieges. Der Geruch nach Schweiß heißt Urständ feiern. Er ist ein instinktbehaftetes Kind, der Mann. Mitunter kann er seine eigenen Signale nicht mehr deuten. Seine Vorstöße waren in der Historie zu gewagt. Sein Verstand ist rosa, er missverstand Blut zu sehen. Eine Ware, deren Wert ein symbolischer wurde mit den Jahren. Die Ideologie hatte er erfunden, um eine Rechtfertigungsgrundlage für seine erkenntlichen Vergehen zu haben. Der Ausgleich fehlte ständig. Ein Baum, den zu pflanzen man vergaß. Ein Tribut, der zu zahlen vergessen wurde. Noch ist nichts entschieden. Noch liegt alles in einem unerforschten Gehirnspeicher verschlossen. Parolen sterben. Ein neues Phantom regt sich schwach. Da ist ein Wollen, das sich anmeldet. Viel kommt auf uns zu. Wenn nur schon Nacht werden würde."

Merkwürdige Sätze. Aber ich bin.

„Stück für Stück wird das Puzzle zum Bild. Doch das entscheidende Stück fehlt meist. Das hat sich die Hautevolee gebucht. Da sieht man lange nur zu. Bis man den Dreh raus hat. Da hört man auf, nur zuzusehen. Ich habe mich auf eine neue Aktion vorbereitet. Mit etwas Verspätung vielleicht. Doch jetzt gehen sie auf, die Türen. Ich habe den neuen Sound meiner Gefühle schon im Ohr."

Merkwürdige Sätze. Aber ich bin mir ...

„Ich versuche, mich zu fügen. Und ein Kind in mir erzählt von dir, Cäsar. Ein Donner grollt da in der Ferne. Und eine Rose beugt sich dem Regen. Und niemand versucht, an sich zu erinnern. Und der Wald bleibt frei. Seine Größe ist allerdings unbeständig. Er ist teilweise Schrott. Und wir sind ein Teil von ihm. Ein schwieriger. Und nicht die Mehrheit. Keine guten Werbeträger."

Merkwürdige Sätze. Aber ich bin mir nun ...

„Manchmal spinne ich ganz schön."

Merkwürdige Sätze. Aber ich bin mir nun sicher...

„Ich würde so gerne etwas Schönes erleben. Weitab vom

Tod. Ich habe meinen Kopf nicht gern auf dem Holzbock. Kein Verzicht auf l'amour. Wenn die Mythen nun doch stimmen? Und Kinder die neuen Götter sind? Und ein Dschungel tut sich auf. Das Leben ist eine witzige Tragödie. Ein toller Spaß. Davon kann man sich nicht so einfach trennen. Gut, das zu wissen. Das gilt es zu demonstrieren. Alle müssen darüber informiert werden. In langen Diskussionsabenden. Eine Flamme zerschlug. Das war vorauszusehen. Ich würde jetzt so gerne nach Alaska gehen. Und dort stundenlang spazieren. Einen langen Weg. Bis ich mich endlich einmal verstanden habe. Und mich gestählt."

Merkwürdige Sätze. Aber ich bin mir nun sicher, dass ...

„Ich tue, was ich kann."

Merkwürdige Sätze. Aber ich bin mir nun sicher, dass er ...

„Die Gelehrten proben den Aufstand. Wohl zum letzten Mal. Eine neue Zone soll geschaffen werden. Wir stehen unter Zugzwang. Die Tage gehen zu schnell. Von Liebe darf dann keine Rede mehr sein. Die passt nicht zu dieser Operation. Gefühle werden zensiert. Das Kehrtenzeitalter ist da. Klimatisiert und völlig überwacht. Tierversuche sind uninteressant geworden. Jetzt wird das Maul aufgerissen. Auf einmal zählt der animalische Wille. Wer lieben will, soll es tun, aber nicht immer darüber reden. Etwas anderes wäre auch nicht so recht wünschenswert. Aber kann das funktionieren?

Die Gelehrten ahnen viel und wissen wenig. Sie schreiben dicke Bücher und üben das Verschweigen. Ihre Meinung beschränkt sich auf Wissen. Die feinen Herren theoretisieren. Die Praxis hat ihnen noch allemal bewiesen, dass sie in die falsche Richtung denken. Ihre Diplome sind nie anerkennenswert. Es sei denn, es gäbe Diplome für Ahnungslosigkeiten. Die Pillen, die sie schlucken, haben sie selber erfunden und sie helfen ihnen nicht. Es sei denn, sie wollten ohnehin zeitig verschwinden. Mit all dem vielen Geld, welches man mit Irrtümern verdienen kann. Doch wenn die sich aufklären, haben sich die Gelehrten schon über den Jordan geschickt. Und Moskau bleibt, wo es ist."

Merkwürdige Sätze. Aber ich bin mir nun sicher, dass er sich ...

„Es ist wichtig, den Dienstweg einzuhalten. Egal, was das Herz befiehlt. Wir wollen doch Quälereien vermeiden. Als Kind hatten mich mal zwei Klassenkameradinnen in einen Schrank eingesperrt, einfach so, und sind dann weggegangen. Was sie mir zurückließen war das Nichts, und das habe ich ein Leben lang behalten. Ab und zu legte ich ein gutes Wort für das Nichts ein. Oft sogar mit Nachdruck. Und trotzdem maulte es mitunter. Und wollte immer bevorzugt werden. Und es mischte sich ein. Es wollte immer mehr, als ihm zustand. Und es hatte nie den Dienstweg eingehalten.

Also tanzte ich ihm davon. Ein tolles Abenteuer. Aber ich bin kein Typ für aufwendige Fluchtversuche. Das Nichts hat mich wieder. Meine Glocke hat geschlagen. Dabei fiel mir auf, dass man Geld trinken kann. Vor allem vertrinken. Und das dürfte nun wahrlich kein Wunder sein. Genauso wenig wie der normale Wahnsinn. Alles wird über den Dienstweg abgesichert. Das Unrecht läuft die alten Straßen."

Merkwürdige Sätze. Aber ich bin mir nun sicher, dass er sich selbst ...

„Und meine Freundin verließ mich wortlos. Mitten im Fußballspiel. Dabei hatte ich ihr gar nichts getan in dem Moment. Obwohl unsere Mannschaft gerade verlor. Und dummerweise hatte sie den Whiskey mitgenommen. Das nannte ich ein Vergehen. Und sie würde es, wie alles, was mit mir zu tun hatte, ein Drama nennen. Mit einem Lollyball im Mund und wedelnden frisch lackierten Fingernägeln. Während ich meine Blueskassetten mit Schmuserock überspiele. Noch hatte ich keinen Bock auf Intensivhochzeit. Die Gitter der Normallebensweise üben Überfall auf meine Seele, aber so hatte ich es mir auch immer wieder vorgestellt, wenn ich nüchtern war. Eine andere Chance hatte ich ja nicht. Die Alternativen hießen: Gosse oder Eheglück. Und Sparen auf eine Villa statt mein Geld zu versaufen. Ich wollte den Aufruhr vergessen und mich zur Ruhe setzen. Aber ich bin müde und alt geworden, ohne es zu bemerken. Ich hatte nie gelernt, vernünftig zu leben. Ich habe es ja schon gar nicht mehr mitbekommen, wenn ich hungrig war. Mein Gefühl schlief ein, als sie zu mir zog. Dabei hatte ich das gar nicht mal zu hoffen gewagt. Und ich konnte das Hoch nicht mehr fassen. Ich wurde sesshaft von einem Tag auf den anderen. Anfangs trank ich nicht einmal mehr Bier. Bis wir uns den Fernseher kauften. Es passierte alles wie selbstverständlich. Sie hatte mich sowieso irgendwie in der Hand, seit sie mich eines Nachts aus der Kneipe in ihre Wohnung holte. Ich dachte nur an einen schnellen Fick und dass so was nicht schaden könnte. Ich konnte mir auch nicht vorstellen, dass sie sich in so einen Säufer wie mich verliebt haben könnte. Deshalb hatte ich mich billig in ihre Hand gegeben. Sie war auch nicht so schön, wie ich das anfangs dachte. Ich wollte mir eigentlich meine Freiheit erhalten, aber ich hatte keine Kraft mehr. Irgendwie war die Luft raus. Und jetzt lässt sie mich zurück in meinem faden Leben. Und ich hatte es nicht einmal bemerkt. Und jetzt von vorne anzufangen hieße, wieder in die Kneipen zu gehen. Bis ich diese wohlige Wärme vergessen habe in der Kälte gefrorener Pisse, den Kopf in einer Pfütze. Letztendlich ist Qual wohl doch etwas Dauerhaftes. Bis mir das Herz platzt, die Lunge oder die Leber. Ich habe vergessen, wie sie aussah. Irgendwann werde ich ihren

Namen vergessen haben. Einfach dann aus meinem Kopf getrommelt. Ich werde den Fernseher verkaufen, ja, das werde ich. Oder ihn einfach aus dem Fenster werfen. Und mich dazu. Und ein Dschungel baut sich vor mir auf, wo ich doch keine Machete habe. Nur einen Schritt noch, einen Schritt. Dann bin ich perfekt. B."

Merkwürdige Sätze. Aber ich bin mir nun sicher, dass er sich selbst umgebracht hat.

Ich sage das zu Sabine. Sie lacht merkwürdig wild.

„Hat er das wirklich?", fragt sie.

„Na ja.", sage ich, „Vielleicht war es auch das Alter, irgendwie."

Sabine hört nicht auf zu lachen.

Da bekomme ich Angst vor Cäsar.

Das Vorhaben

Ich müsste vielleicht doch noch mehr tun. Kosten würde es mich höchstens ein paar Nerven und etwas mehr Zeit. Eventuell könnte ich damit aber etwas mehr erreichen. Dass ich nachts besser schlafen kann. Oder bessere Träume habe.

Mein Gesicht ist ein lächelnder Brei. Und es lächelt Cäsar entgegen. Wir beschließen, das Konzert eines neuen Popstars zu besuchen.

Auf in den nächsten Stimmungshit! So vergessen alle ihre Sorgen.

Und der Star windet sich auf der Bühne. Das Feuer ringelt sich um seine Zunge. Er verkauft sein Herz. Und wir sind so gierig nach flambierten Herzen. Jeder könnte Jesus Christus sein.

Wir denken schon lange darüber nach, wie wir unser Leben nun gestalten könnten. Wenn wir wollen, fahren wir, wohin wir wollen. Doch wir wollen ja nicht. Nicht, dass wir zu stolz wären, aber man hat doch eine Ehre im Leibe. Unser Fernseher zeigt uns viel billiger die Welt. Die Exotik und Erotik anderer Völker. Und wie sich andere sportlich betätigen, sogar erfolgreich. Und so wunderschöne Musik.

Ich sehe Cäsar beim Schlafen zu. Und mir fällt ein, dass ich Brutus bin. Und mir fällt ein: Ja, manche Straße ist unwillkürlich zu Ende. Man kommt plötzlich nicht mehr weiter. Wie aus dem Nichts gewachsen steht da eine Mauer. Das bedeutet Umkehr. Die Zeit wird zurückgedreht. Ich gehe in eine der Tagesbars, die irgendwie wie Pilze aus dem Boden wachsen, vermutlich weil die Menschen nichts anderes mehr zu tun haben als den ganzen Tag zu saufen, und trinke einen Manhattan. Wo könnte man denn noch hingehen, überlege ich. Irgendwo wird mich doch sicher wieder eine starke Frau festhalten wollen. Nebel wächst aus den Kellern meiner dunklen Gedanken.

Wo sollte ich diese Frau finden? Ich tanze ja selten. Wie sollte ich diese Frau finden? Ich bin ein schlechter Diplomat.

Andererseits, denke ich an Sabine-Cäsar-Sabine, sollten wir doch wieder um unsere Liebe kämpfen und nicht für einen imaginären Frieden. Aber wir tun es nicht, wir kämpfen immer für einen imaginären Frieden und nie für die anstrengende Liebe. Wenn es anders wäre, bräuchten wir ja auch keine Geheimdienste mehr.

Ich erinnere mich an die Frauen, über die ich meine Straße pflasterte. Sie haben alle so verschiedene Namen. Da kann man sie in der Erinnerung schon mal durcheinander bringen. Es ist eine nervlich belastende und anstrengende Qual, sie sich alle zu merken. Die Frauen. Ihre Namen erst recht. Oft, fällt mir dabei ein, tragen gewöhnliche Frauen ungewöhnliche Namen und ungewöhnliche Frauen gewöhnliche Namen. Vielleicht sollte ich ein Buch zu führen beginnen, wenn ich Cäsar erst wieder los bin. Und dieses dann versenken. In einer Baugrube vielleicht. Als leporellische Botschaft an die Nachwelt, als Grundstoff für eine neue Oper. Aber wer schreibt heutzutage Opern, welche das Volk auch wirklich hören will? Ich fühle mich, da ich gerade an eine Baustelle denke, bei allen Frauen immer nur wie ein Fremder, wie ein Gastarbeiter. Dabei ist mein Englisch so beschissen, dass es mir in ihren fremden Leibern überhaupt nichts nützt.

Man hat schon eigenartige Erlebnisse. Todmüde von einer durchgevögelten Nacht mit Cäsar ging ich in ein Café. Es gibt so viele Cafés. Man stolpert einfach über sie. Zumindest seit wir durch unseren Firmenerfolg in die Hauptstadt umgezogen sind. Es war dort ziemlich leer, eigenartigerweise, in diesem Café. Obwohl es ein sehr hübsches Lokal war. Schon als ich hereinkam, fiel mir die kleine rothaarige Kellnerin auf. Morgenlächeln in ihrem ganzen Wesen. Sie war nicht gerade umwerfend schön, doch sie hatte das berühmte gewisse Etwas, etwas Unbeschreibliches eben, an sich. Ich bestellte bei ihr ein Kännchen Kaffee und etwas später Würzfleisch. Wie passend beim Anblick ihrer Brüste. Ich bin fast gestorben, als ich merkte, wie tief sie mir in die Augen sah, als sie meinen auf ihre durch die Bluse sprießenden Knospen gerichteten Blick bemerkte. „Wie spät?“, fragte sie. Ich stammelte, ich wüsste nicht so recht und wusste überhaupt nicht, was sie von mir wollte, die Uhrzeit doch nicht etwa. Wie ein guter Freund lächelte sie mich an und hauchte: „Am besten, Sie geben mir ein Zeichen.“ „Okay“, sagte ich beruhigt und schon war sie weg. Was für ein Zeichen? Und wofür? Ich starrte nachdenklich durchs Fenster nach draußen. Der Kaffee war sofort da, als hätte er in der Küche auf meine Bestellung gewartet. Sachliche Fröhlichkeit strahlte die Kellnerin aus, als sie ihn mir servierte. Was für ein eigenartig faszinierendes Wesen. Es musste nicht Glück sein, was sie als Aura um sich herum ausstrahlte, nur Natürlichkeit. Mit dem Würzfleisch ließ sie sich wirklich Zeit und ich hatte den Verdacht, sie wollte vorher wissen, wann ich das Würzfleisch gerne zu genießen gedachte. Oder sie wollte doch etwas anderes wissen oder aussagen und hat das Würzfleisch nur vergessen. Ich könnte ihr ja ein Zeichen geben. Ich hob den Arm und nickte ihr zu, als sie mich bemerkte. So als Zeichen und auf den Verdacht hin, es könnte unser vereinbartes Zeichen sein. Allmählich und gerade im Zusammenhang mit dem Würzfleisch fiel mir auf, dass sie mich allen anderen Gästen auf unauffällige und doch nicht zu übersehende Weise vorzog.

Während ich mein Würzfleisch aß, beobachtete ich sie, wie sie die anderen bediente. Sehr distinguiert. Ganz anders als mich. Ein Wunder von einem Menschen! Als sie sich wieder auf den Weg in die Küche machte, erhob ich mich und folgte ihr. Leise. Sie war alleine in der Küche. Ich sah sie an und lächelte. Sie erwiderte mein Lächeln. Wortlos. Ich trat auf sie zu, streichelte mit sanften Händen ihre geschwollenen Brustwarzen und biss ihr in den Hals.

Der Rest müsste sehr einfach sein, denn in der Küche konnten wir es ja nicht treiben. „Wann hast du Feierabend? Ich hol dich ab." Der Rest ist sehr einfach. Jede Frau träumt von einem Mercedes. Und jeder Mann vom großen Deal. Auch wenn allen die Idee dazu fehlt, beides zu erreichen. Und den meisten die Persönlichkeit, um es überhaupt zum tauglichen Straßenbettler zu schaffen. Also bleibt nur eine Lösung: die, dass man sich verkauft. An die Sommermode. Noch schnell bevor sie im dichten Nebel verschwindet. Immer also zur rechten Zeit. Immer also im Sommer. Auch wenn der sehr herbstlich ist. Egal. Jahreszeit ist Jahreszeit. Und das ist das Problem. Wenn die Herbststürme dann wirklich kommen, im Sommer vielleicht, fliegen die Dollars wieder auf und davon. Wie die Träume unter den leichten Blusen. Wie der letzte Rest einer gelungenen Heuchelei. Und nichts davon wird die Dollars aufhalten. Man wird alt, schwabbelig und die Sehnsucht ist alles, was bleibt und der Hass auf seine eigenen Blödheiten, die man nicht mehr rückgängig machen kann. Und keiner wird die Dollars je wieder sehen. Oder die Euros. Wie viel Geld ist sinnlos schon vernichtet worden? Und wie viele Menschen mit ihm? Das zählt keiner. Es zählt jeder nur seine Scheine. Falls er welche hat. Und dann ist es aus mit dem Traum vom Mercedes. Und der Illusion, eines Tages gesellschaftlich besser dazustehen als der Nachbar. Aber das merkt der Nachbar ja gar nicht. Das muss man sich schon mal klarmachen. Sonst dreht man durch. Aber alle anderen merken es vielleicht. Das kann man nie wissen. Also dreht man doch durch. Und sie merken es alle, weil es sie eines Tages alle selber so schlimm erwischt hat. Und dann gibt es keine Küsse mehr im Dunkeln oder in der Küche einer Tagesbar. Alle müssen dann fortlaufen. Und alle möchten dann auch fortlaufen. Alle wollen sich verstecken. Und die Kataloge stauben ein wie die nicht mehr funktionstüchtigen Fernsehapparate, die zu ersetzen viel zu teuer ist. Ja, heutzutage sind auch Ramschkataloge nur etwas für Privilegierte. Für alle anderen ist dann nichts mehr zu holen. Träumen kann man natürlich noch. Wie alles geworden wäre mit einem Mercedes. Und ich bin der Einzige, der übrig bleibt. Und ich ficke alle Kellnerinnen in den Tagesbars, bis sie blutend ihr jämmerliches Leben aushauchen.

Für wen die Sonne nie aufgeht, für den kann sie nicht untergehen. Ab wann ist das Leben zu Ende? Im Grunde nie. Doch dort, wo es keine Liebe gibt, da gibt es auch kein Leben. Kein richtiges jedenfalls. Wo die Liebe fehlt, regiert logischerweise die Einsamkeit. Und die muss ja die Menschen hart werden lassen. Nicht nur die Schwänze und die Titten, sondern ganz. Auch im Innern. Vor allem im Innern. So entfernen sie sich aber innerlich immer weiter von der Liebe. Keine Hand, die sie festhält, die Armseligen, in solchen Fällen. Sie kriegen zwar allmählich ein dickes Fell, doch das ist leichter zerreißbar als das dünne der anderen, die sich gerade eben erst auf den beschwerlichen Weg ins Nichts gemacht haben. Und sie werden alles schlucken, denn mit wem sollen sie reden. Und es wird nichts mehr geben, woran sie glauben. An die Liebe ... erst recht nicht.

Ende

Andreas Hähle, Jahrgang 1967, ist Autor, Sprecher und Moderator. Vorwiegend ist er als Texter für verschiedene Bands und Interpreten wie Die Zöllner, Liaisong, Fährmann, Transit und viele andere mehr in Erscheinung getreten.

Heute lebt Hähle in Leipzig und arbeitet hauptberuflich als Freier Trauer- und Hochzeitsredner. Zudem tritt er mit einigen literarischen Abend-Programmen auf, häufig begleitet von verschiedenen Musikern.

Bisher erschienen:

„… und schuld an allem ist das Leben, die Sau“ (1992) im Endzeit-Verlags-Körper sowie **„Karriere der Narren“** (2016) in der Edition Bildstein.

Weitere Informationen über Autor und Werke:

www.andreas-haehle.de

Bereits erschienen in der Edition Outbird:

Michael Haas „50 - Licht und Schatten -

Männer betrügen Frauen, Frauen betrügen sich selbst."

Clemens, der Erzähler des Buches, ist nahe der 50, und damit Teil einer Generation, die weit verwirrter ist, als ihr zukommt. Selten zuvor hat eine Generation ähnlich gut gelebt, auch wenn ihr Lamento über gefährdete Rentenansprüche nicht enden will.

Clemens trifft auf seiner episodisch verwobenen Reise durch die Welt 50-jähriger Wohlstandsbürger ideale Paare, schmerzresistente Controllingleiter, Scheidungsopfer und -gewinner, neurotische Unternehmensberater, buddhistisch begabte Psychiater, komplexbeladene Österreicher, In-vitro-Fertilisations-Fetischisten, Kulturschaffende, schwangere Aristokratinnen, osteuropäische Migranten, ethisch begabte Sozialmanager, praxisversierte Provinzler, westfälische Theatermänner und biedernymphomane Frauen.

Clemens ahnt: Das heimliche Gelächter, das 50-Jährige bei ihren kuriosen Versuchen begleitet, die Liebe, das Leben und Altern zu meistern, ist das Gelächter der Jugend, die noch nicht weiß, dass Jugend vergänglich ist.

ISBN 978-3-95915-102-3, Preis: 11,90€
Erhältlich unter: shop.outbird.net

Bereits erschienen in der Edition Outbird:

Tomas Jungbluth „Kammerflimmern"

Tomas Jungbluth obduziert in unter die Haut gehenden Wortlandschaften die ebenso innige wie zerstörerische Liebesbeziehung zweier Hochsensibler, die schon früh einen schweren Vertrauensbruch erfährt und allmählich in diesem zunehmenden Riss verschwindet.

Zwischen Liebeserklärung und Trennungsaufarbeitung erzählt dieser liebevolle wie schonungslose wie emotional reich bebilderte Monolog gleich einem langen Brief aus dem Spannungsfeld zwischen Wahrscheinlichkeit und Fiktion, Anziehung und Ablehnung, hoher Verletzlichkeit und Sensibilität.

Und gibt damit nicht zuletzt auch männlicher Hochsensibilität und Verletzlichkeit und ihren bisweilen unüberschaubaren emotionale Höhen und Untiefen ein Gesicht. Zugleich versucht „Kammerflimmern" den Sinn hinter der schmalen und allzu eng gesteckten Gratwanderung „Borderline" zu verstehen.